유성(流星)의 시간(時間)

김제철

한양대학교 국어국문학과 및 같은 대학원을 졸업하고 『소설문학』 신인상으로 작품활동을 시작했다. 「계절」로 『월간문학』 희곡 신인상을, 한국 고대사의 시원을 밝힌 『사라진 신화』로 삼성문예상을, 고려 무인정권의 폐해를 그린 『그리운 청산』으로 오늘의 작가상을 각각 수상했다.
장편소설 『사라진 신화』, 『그리운 청산』, 『솔레이노의 비가』, 『성자, 고향으로 가다』, 『신화의 종말』, 『적도』, 『이별의 사상』, 『조금은 슬프고 혹은 아름다운』, 『이별의 노래』, 『초록빛 청춘』, 『청도감나무』 등이, 작품집으로 『최후의 땅』, 『우리도 별까지』 등이, 수필집으로 『보리밥과 쌀밥』 등이 있다.
2012년 『눈빛』으로 문화체육관광부 우수문학도서에, 2014년 『바다로 간 오리』, 2016년 『헤이그의 왕자 위종』이 세종도서 문학나눔 부문에 선정되었다.
현재 한양여자대학교 문예창작과 교수로 재직 중이다.

유성(流星)의 시간(時間)

© 김제철, 2018

1판 1쇄 인쇄_2018년 02월 15일
1판 1쇄 발행_2018년 02월 25일

지은이_김제철
펴낸이_양정섭
펴낸곳_작가와비평
　　　등록_제2010-000013호
　　　블로그_http://wekorea.tistory.com
　　　이메일_mykorea01@naver.com

공급처_(주)글로벌콘텐츠출판그룹
　　　대표_홍정표
　　　편집디자인_김미미　**기획·마케팅**_노경민
　　　주소_서울특별시 강동구 풍성로 87-6, 201호
　　　전화_02-488-3280　**팩스**_02-488-3281
　　　홈페이지_www.gcbook.co.kr

값 14,000원
ISBN 979-11-5592-217-0 03810

유성의 시간

流星

시간

時間

김제철 장편소설

작가와비평

차 례

1. 신동 출현

1-1

어느 시대에나 천재는 있었겠지만 세종 시대에는 유독 천재가 많았다. 김시습도 그 중의 한 명이었다.

시습은 성균관 근처 반궁리 외가에서 태어나고 자랐다. 본가는 서너 대째 중급 무인의 집안이어서 사는 데 큰 어려움은 없었으나 아버지 일성이 병약해서 음서로 봉해진 군직 충순위조차 취임하지 못했다. 그래서 시습은 주로 외가에서 외할아버지 장 노인에 의해 훈육되었다. 시습의 영특함은 태어나면서부터 남달랐다.

시습은 태어난 지 여덟 달 만에 글을 알았다. 그런 시습에게 장 노인은 우리말 대신 천자문부터 가르쳤다. 덕분에 시습은 말은 제대로 하지 못하면서도 한자의 뜻은 다 통하였다.

시습이란 이름도 그런 영특함으로 인해 얻게 되었다. 이웃에 살던 최치운이 장 노인의 외손자의 영특함을 목도하고 『논어』의 「학이」편에 나오는 "배우고 때로 익히면 기쁘지 아니 한가"(學而時習之 不亦說乎)에서 '시'와 '습'자를 따서 시습이란 이름을 지어주었던 것이다. 후일 좌승지와 공조참판, 예문관제학을 거쳐 벼슬이 이조참판에 이른 집현전 출신의 최치운은 이때 이조참의로 세종이 친서를 내려 절제를 명할 만큼 과도하게 술을 좋아하고 성품이 호쾌한 인물이었다.

두 살 나던 해 봄. 장 노인은 시습에게 "화소함전성미청(花笑檻前聲未聽)"이라는 구를 불러주고 그것이 무엇을 의미하느냐고 물었다. '꽃은 난간에서 웃지만 그 소리가 들리지 않는다'는 뜻이었다. 시습은 손가락으로 병풍에 그려져 있는 꽃을 가리키며 '아아' 하고 웃었다. 이어 장 노인은 "조제임하누난간(鳥啼林下淚難看)"이라고 불러주고는 그것이 무엇을 가리키는가 물었다. '새는 숲속에서 울지만 눈물이 흐르는 것이 보이지 않는다'는 뜻이었다. 시습은 또, 손가락으로 병풍의 새를 짚으며 '아아' 하고 우는 시늉을 했다.

세 살 되던 해 봄, 시습이 물었다.

"할아버지. 시를 어떻게 지어요?"

그리고 장 노인이 몇 가지 시 짓는 법을 가르쳐주자 자신 있게 말했다.

"그건 게 시라면 얼마든지 지을 수 있어요. 첫 자를 불러 주세요."

장 노인이 봄 '춘(春)' 자를 불러주자 시습은 곧바로 "춘우신막기운개(春雨新幕氣運開)"라고 대답했다. '봄비가 갓 지은 초막에 내려 새 기운이 열리네'라는 뜻이었다.

1-2

시습이 다섯 살 되던 해 봄 어느 날 장 노인의 사랑방에 이선로를 비롯한 중장년의 선비들이 모였다. 시습의 시작(詩作)을 구경하기 위해서였다. 지난 해 식년시에 급제한 이선로를 제외하면 선비들은 대개 나이나 능력 등 여러 가지 이유로 출사의 꿈을 접었거나 차마 꿈을 포기하지 못해 습관적으로 서책을 끼고 글을 읽는 시늉이나 하며 지내는 사람들이었다.

장 노인이 종이에 복숭아 '도(桃)' 자를 적어 내밀자 시습이 받아들고 붓으로 글자를 써내려나갔다. 그 모습을 지켜보던 선비들의 입에서 감탄이 터져 나왔다.

"도홍유록삼춘모(桃紅柳綠三春暮). '복숭아꽃 붉고 버들가지 푸르니 봄이 저물었도다'라."

사십대 초반의 신성곤이 시습의 시를 확인하며 벌린 입을 다물지 못했다.

"보고도 차마 믿기지 않습니다. 소문으로 들었던 신동이란 말이 결코 허언이 아니오."

같은 사십대 초반의 조병일이 신성곤을 마주보며 맞장구쳤다.

"이번엔 제가 각운을 한 번 던져보지요."

사십대 후반의 정순만이 종이에 이슬 '로(露)'를 써서 시습에게 내밀었다. 종이를 받아든 시습은 이번에도 거침없이 글자를 써내려나갔다. 숨을 죽이며 지켜보던 정순만이 이윽고 시습이 쓴 글을 받아들곤 경악했다.

"주관청침송엽로(珠貫靑針松葉露). '구슬이 푸른 바다에 꿰인 듯하니 솔잎에 이슬이 맺혔다'라."

정순만이 내려놓은 시습의 시를 들여다보며 선비들이 웅성거리기 시작했다.

"어르신. 정녕 이 아이는 모든 것을 알고 태어났다는 공자와 같은 하늘이 내린 신동입니다."

삼십대 후반의 이도환이 장 노인을 향해 확신하듯 말했다. 사실 시습이 공자에 비견할 만한 아이라는 소문은 오래 전부터 이미 장안에 파다하게 돌고 있었다.

"그렇다고 어찌 공자에 비기겠소."

장 노인이 민망한 표정을 지었다. 이도환이 고개를 절레절레 흔들었다.

"아닙니다. 어르신. 장차 나라를 위한 동량지재가 될 아이입니다.

소중히 키우소서."

이도환의 말에 장 노인도 내심 대견한 듯 잠시 시습을 내려다보다가 입을 열었다.

"그렇지만 우쭐하거나 교만해서는 안 된다. 너도 뛰어나지만 세상에는 하늘이 내리신 천재들이 많단다."

그러자 시습이 똘망똘망한 눈으로 물었다.

"제가 본받아야 할 천재들은 어떤 분들이신가요?"

"그야 두 번 생각할 것도 없이 이 시대에 으뜸가는 천재는 주상 전하시다. 그 분은 우리와 같은 범인들이 차마 근접할 수 없는 높은 학문을 지니신 분이시다.

"예…."

"그리고 세자 저하 또한 천재시다. 그 분은 모든 면에서 주상 전하를 가장 많이 닮으셨단다. 셋째 아드님이신 안평대군께서도 그 못지 않은 분이시고…."

"예…. 그럼 제가 궐 밖에서 만나 뵐 수 있는 사람들 중엔 천재가 안 계신가요?"

"궐 밖의 천재라면…?"

장 노인이 답을 구하듯 좌중을 둘러보았다.

"궐 밖의 천재라면 단연 성삼문 아니겠습니까."

신성곤이 주저하지 않고 대답했다. 신성곤의 대답에 이견이 없는 듯 모두들 고개를 끄덕였다.

"성삼문요?"

시습이 장 노인을 올려다보며 반문했다.

"그래. 성삼문. 그 사람은 하늘이 내리신 인물이라고 한다."

"하늘이 내리셨다고요?"

"태어날 때 하늘에서 소리가 들렸다는구나. 나왔느냐. 나왔느냐. 나왔느냐. 그렇게 하늘이 세 번이나 물어서 이름을 삼문이라 지었다고 한다."

조병일이 장 노인 대신 친절하게 설명했다.

"작년 식년시 문과에 급제했지요."

정순만이 주위를 둘러보며 끼어들었다.

"본인은 당초 무과에 응시하려 했다는 얘기가 있던데요?"

이도환이 정순만에게 물었다.

"종1품 숭정대부를 조부로, 정3품 대호군을 아비로 둔 무반가 소생이니까 그런 생각을 했을 수도 있겠지."

"조부가 문과 등과를 원했다고 합니다. 조부 성달생도 태종대왕 때 처음 실시된 무과에서 1등으로 급제했지만 그 이전에 문과 생원시에 합격했지요. 그러니까 성삼문도 조부의 자질을 타고 난 거라고 할 수 있겠지요."

신성곤이 성삼문에 대해 꿰차고 있는 듯 지식을 과시했다.

"과시 문무겸전한 젊은이로고!"

조병일이 감탄하며 말을 이었다.

"연전에 출사한 박팽년이나 이개, 하위지 같은 젊은이들도 출중하고, 아직 등과를 안 했지만 신숙주도 뛰어나다고 합니다만 실제로는 성삼문이 으뜸이라는 게 항간의 중론입니다."

"성삼문이란 사람에 대해선 이공께서 잘 아시겠지요. 작년에 함께 급제를 하셨으니. 정말 소문대로인가요?"

선비들의 이야기를 듣고 있던 장 노인이 이선로에게 물었다.

"성균관 시절 한동안 함께 수학한 바가 있는데 성삼문은 평소 자신의 능력을 잘 드러내지 않으려고 했지요."

성삼문을 떠올리면서 이선로는 자기도 모르게 입가에 미소를 지었다. 성삼문. 생각만 해도 기분이 좋아지는 인물이었다. 과거 석차로만 보자면 자신이 성삼문보다 조금 앞섰다고 할 수 있었다. 33명의 급제자들 중 하위지가 성적이 상위권인 을과 3인 중 장원을 차지한 작년 식년시에서 자신은 7명을 뽑는 중위권의 병과에, 성삼문은 23명을 뽑는 하위권의 정과에 급제했다. 그렇지만 누구도 자신을 성삼문보다 학문적으로 우위에 있다고 여기지 않았고 그 스스로도 그랬다. 그리고 성삼문이 급제자들 중 하위권의 실력을 가졌다고 생각하는 사람도 없었다. 그만큼 성균관 시절 성삼문이 보여준 학문의 수준은 발군으로 타의 추종을 불허하는 독보적인 데가 있었다. 따라서 곰곰이 생각하면 이상한 구석이 없지 않았다. 그런 성삼문이 어떻게 해서 과거 성적이 하위권에 머무르게 되었는지. 하지만 성삼문 본인은 그런 데 전혀 개의치 않는 듯했다. 그런 모습이 이선로는 좋았다.

그보다 이선로가 성삼문을 좋아하는 데엔 다른 이유가 있었다. 그것은 자신과 마찬가지로 성삼문이 엉뚱한 데가 있었기 때문이었다. 그 자신 학문 외적인 데에 다양하게 관심이 많았던 것처럼 성삼문 또한 가문의 내력대로 학문을 닦는 일 못지않게 무예를 연마하는 데 적잖은 노력을 기울였던 것이다.

"어떡하면 그 분을 만나 뵐 수 있나요?"

장 노인을 올려다보는 시습의 얼굴은 마치 꿈을 꾸고 있는 듯했다.

"열심히 학문을 닦아야 할 것이다. 그래서 등과하여 궐에 들어가면 만날 수 있지 않겠느냐."

"예, 할아버지."

"이제 이 할애비는 더 이상 네게 가르칠 게 없구나. 외람되지만 혹, 이공께서 이 아이를 맡아주실 수는 없을런지요?"

장 노인의 부탁에 이선로가 천천히 고개를 가로저었다.

"이 아이는 제가 가르칠 수 있는 아이가 아닙니다. 대신 제가 아는, 예문관에 수찬으로 계시는 분한테 한번 청을 드려보지요."

"그렇게라도 해주신다면야…."

장 노인의 얼굴이 활짝 펴졌다.

그러나 외할아버지로부터 들은 성삼문이란 인물을 시습은 의외로 빨리 만날 수 있었다.

1-3

최치운과 이선로, 그리고 시습을 가르치게 된 예문관 수찬 이계전 등의 입을 통해 장안에 널리 퍼진 시습의 이름은 마침내 궐내에까지 들어가게 되었다.

그러던 어느 하루.

시습은 장 노인의 사랑방에서 이계전으로부터 『중용』을 배우고 있었다.

"퇴궐 후 가르쳐주시고 낮에도 틈틈이 귀한 시간을 내어 봐 주시니 감사한 마음 이를 데 없습니다."

장 노인이 이계전에게 감사의 인사를 했다.

"오늘 상참이 없어 잠시 짬을 냈을 뿐입니다."

"어떻게…. 진전이 있는지요?"

장 노인이 조심스럽게 묻자,

"달리 신동 소릴 듣겠습니까? 탁월한 제자를 가르치는 즐거움을 주신 어르신께 감사할 따름입니다."

이계전이 기분 좋은 웃음으로 화답했다. 그러면서 문 밖의 동정에 귀를 기울였다.

그때 밖에서 하인의 소리가 들렸다.

"주인마님. 궐에서 손님이 오셨습니다."

그 소리에 이계전이 후다닥 일어났다.

"나가시지요. 좌의정께서 오시기로 했습니다."

"예? 좌의정께서요?"

장 노인이 깜짝 놀라며 되물었다.

두 사람이 황급히 밖으로 나가자 허리가 구부정한 좌의정 허조가 대문을 통과해 마당으로 들어서고 있었다.

"좌상 대감…."

이계전이 칠십노인 허조를 향해 허리를 숙였다.

"좌의정 대감. 이 누추한 곳에 어인 일로…."

장 노인도 허조를 향해 심하게 허리를 꺾었다.

"아이를 보러 왔네."

허조가 웃으며 장 노인을 안심시켰다.

"아, 안으로 드, 드시지요."

장 노인이 몹시 당황한 기색으로 허조를 사랑방으로 안내했다.

"인사 올리거라. 좌의정 대감이시다."

낯선 손님의 출현으로 어리둥절한 시습에게 장 노인이 말했다. 그러자 시습이 냅다 큰절을 올렸다.

"명민하게 생겼구나."

머리를 들지 못하고 있는 시습을 귀여운 듯 내려다보며 허조가 입가에 미소를 지었다.

"한번 시험해 보시지요."

자리에 앉은 후 하인이 가져온 차를 마시고 난 허조에게 이계전이
권했다.

"그래. 애야. 늙은 나를 위해 늙을 '노(老)' 자로 시구를 지어볼 수
있겠느냐?"

허조의 말이 떨어지기가 무섭게 시습이 종이 위에 글을 쓰기 시작
했다.

잠시 후 시습이 쓴 글을 받아든 허조에게 이계전이 물었다.

"어떻습니까?"

"노목개화심불로(老木開花心不老). '늙은 나무에 꽃이 피니 마음은
늙지 않았다'라⋯."

허조는 믿기지 않는다는 얼굴이었다.

"놀랍지 않습니까?"

"더 시험할 필요가 없겠네. 하지만 이 아이는 이 수찬이 잘 가르쳐
서가 아니라 천부의 재주를 타고 난 것 같네. 안 그런가?"

"그야 물론입지요."

민망한 표정으로 이계전이 대답했다.

"주상 전하는 복도 많으시군. 당신 치세에 이런 아이가 태어나다
니⋯."

허조가 혼잣말처럼 중얼거렸다.

1-4

궐문 밖에서 기다리고 있던 내관의 인도로 시습은 외할아버지의
손을 잡고 궁궐로 들어섰다. 궐내 곳곳에 들어서 있는 웅장하고 아름
다운 전각들이 어린 시습의 마음을 들뜨게 했다. 시습은 정신없이
주위를 두리번거렸다.

잠시 후 두 사람은 승정원으로 안내되었다.

"네가 시습이란 아이로구나."

도승지 김돈이 시습을 반갑게 맞았다. 그리고 시습을 무릎에 앉힌
채 내관이 가져온 과자를 손수 집어주었다.

"어서 들어라."

시습은 사양하지 않고 과자를 입에 넣었다. 그런 시습의 모습을
도승지 곁에서 젊은 관헌과 내관이 입가에 미소를 띤 채 지켜보고
있었다.

시습이 과자를 몇 점 더 들고 나자 도승지가 내관이 건네준 종이와
붓을 시습 앞에 내밀었다.

"애야. 네 이름을 넣어 시구를 지어보겠느냐?"

"예. 나리."

시습이 도승지의 무릎에서 내려와 머뭇거리지 않고 글을 써나갔다.

"내시강보김시습(來時襁褓金時習). '올 때는 포대기에 싸인 김시습'
이라…. 멋지구나."

시습이 쓴 글을 보며 감탄을 하던 도승지가 벽에 걸린 산수화를 가리켰다.

"그럼 저걸 보고 시구를 지을 수 있겠느냐?"

"예, 나리."

이번에도 시습은 힘차게 대답하고 곧바로 글을 써나갔다. 그리고 글을 다 쓴 후 허리를 펴다가 도승지 옆에 앉아 있는 젊은 관헌과 눈이 마주쳤다. 젊은 관헌이 시습을 향해 빙긋이 웃고 있었다.

"소정주택하인재(小亭舟宅何人在). '정자 같은 배 집에는 누가 있는 가'라…. 놀랍다. 차마 더 시험할 필요가 없겠구나. 애야. 여기서 잠시만 기다리거라."

도승지가 시습을 내관에게 맡기고 자리에서 일어나 젊은 관헌과 함께 밖으로 나갔다.

"자네가 보기엔 어떤가?"

사정전으로 향하면서 도승지가 젊은 관헌에게 물었다.

"글쎄요. 예사 아이는 아닌 것 같습니다만….

"자네가 그렇게 생각한다면 다행일세. 실은 신동을 시험해 보라시기에 나 혼자 감당하기가 힘들어 천재로 소문난 자네를 불렀던 거네."

"소직은 천재가 아닙니다만 그 아인 분명 천재가 맞는 것 같습니다."

"아무튼 주상 전하께서 기뻐하시겠구면."

"그게 참말이더냐?

도승지로부터 조금 전 승정원에서 있었던 일을 전해들은 세종이 확인하듯 물었다.

"예, 그러하옵니다. 전하."

도승지가 허리를 숙이며 대답했다.

"참으로 놀라운 일이로다. 다섯 살 아이가 어떻게 그런 시구를…."

잠시 생각에 잠기던 세종이 도승지를 불렀다.

"도승지가 할 일이 또 있다."

"예, 전하."

"내 시구 하나를 줄 테니 혹시 그 아이가 대구를 쓸 수 있다면 받아오라."

세종이 붓을 들어 종이에 시구 하나를 적었다.

시구를 받아 든 도승지와 젊은 관헌이 사정전을 나와 승정원으로 걸음을 재촉했다.

"뜻을 이해하겠느냐?"

시구가 적힌 종이를 내밀며 도승지가 시습에게 물었다. 종이를 들여다보던 시습이 곧 고개를 쳐들었다.

"동자지학 백학무청공지말(童子之學 白鶴舞靑空之末). '동자의 학문은 마치 백학이 푸른 하늘가에서 춤을 추는 격이로다' 아니옵니까?"

"허어 이런! 그럼 대구를 지을 수 있겠느냐?"

"예. 그런데 이 시구는 누가 쓰신 거예요?"

시습이 뭔가 이상한 느낌이 드는 듯 물었다. 도승지가 당황하여 잠시 머뭇거리다가 더듬거리며 대답했다.

"주, 주상 전하시다."

"주상 전하요?"

시습이 눈을 동그랗게 떴다.

"그, 그렇다."

"예….."

도승지의 대답에 시습은 한동안 생각을 가다듬는 듯한 표정을 짓더니 바닥에 펼쳐진 종이에 적힌 시구 아랫부분에 대구를 적어나갔다. 그 모습을 바라보는 도승지와 젊은 관헌의 얼굴엔 놀라움이 떠나지 않았다. 그 뒤에 서서 내려다보는 내관의 얼굴도 마찬가지였다.

대구가 적힌 종이를 받아든 세종은 놀라움과 대견함, 기쁨이 교차하는 얼굴이었다.

"성주지덕 황룡번벽해지중(聖主之德 黃龍蟠碧海之中). '성군의 덕은 마치 황룡이 푸른 바다 속에서 꿈틀거리는 것과 같습니다'라. 하아, 어찌 이런 천재가 태어났는가. 내, 좌상으로부터 들은 바 있다만 차마 믿기 어렵도다."

"전하의 홍복이시옵니다."

도승지와 젊은 관헌이 허리를 굽혔다.

"내 친히 그 아이를 인견하고 싶지만 사가의 아이를 군주가 친견한다는 게 전례가 없는 일이라 사람들이 듣고 놀랄까 두렵다. 집으로 돌려보내어 그 아이의 재주를 함부로 드러나지 말게 하고, 지극히 정성들여 가르쳐서 키우도록 하라. 성장하여 학문을 성취한 뒤에 크게 쓰고자 하노라."

세종의 양쪽 입 꼬리가 위로 심하게 휘었다. 생각만 해도 기쁜 듯한 표정이었다.

"분부 받들겠나이다."

도승지가 다시 허리를 굽히며 대답했다.

"아이에게는 비단 50필을 하사하도록 하라."

"예, 전하!"

시습은 외할아버지의 손을 잡고 도승지와 젊은 관헌과 함께 승정원 뜰로 내려섰다. 그 뒤를 내관이 따랐다. 내관의 팔엔 비단 50필이 들려 있었다.

"주상 전하께서 내리시는 상이다."

내관이 들고 있는 비단을 가리키며 도승지가 말했다.

"주상 전하께옵서요?"

시습이 후다닥 그 자리에 앉으며 사정전을 향해 큰절을 올리고 한참 후에야 일어섰다.

"궐문까지 들고 가주시게. 궐 밖부터는 짐꾼을 부리고."

도승지가 내관에게 당부했다.

"예, 그러겠사옵니다."

시습은 도승지와 인사를 나누고 나서 젊은 관헌과 함께 궐문 쪽으로 앞서 걸었다. 외할아버지와 비단을 든 내관이 뒤를 따랐다. 몇 걸음 걷던 시습이 뭔가 생각난 듯 걸음을 멈추고 젊은 관헌을 올려다보았다.

"왜 그러느냐?"

젊은 관헌이 물었다.

"존함이 어찌 되시는지 여쭤도 될까요?"

"내 이름 말이지?"

"예."

"그래. 인사가 늦었구나. 난 성삼문이라고 한다."

젊은 관헌이 웃으며 대답했다. 시습이 깜짝 놀라며 황급히 바닥에 엎드려 큰절을 올렸다.

"왜 그러느냐?"

시습의 느닷없는 행동에 성삼문은 많이 당황한 듯한 모습이었다.

"나리를 뵙고 싶었어요."

"그만 일어나거라."

성삼문이 민망한 듯 주위를 둘러보며 시습을 일으켜 세웠다.

"그래, 날 왜 만나고 싶었느냐?"

"그냥요."

"허어, 녀석도!"

시습의 티 없이 맑은 얼굴을 내려다보며 성삼문이 너털웃음을 웃었다.

두 사람은 다시 궐문을 향해 걸음을 옮겼다.

그때 두 사람 앞으로 젊은 관원이 걸어오고 있었다. 다가온 젊은 관헌에게 성삼문이 먼저 인사를 건넸다.

"범옹! 어디서 오는 길인가?"

"어, 근보! 전농시에서 오는 길이네만 이 아이는 누군가?"

"도승지 영감이 불렀네. 주상 전하의 명으로."

"그럼 이 아이가 소문으로 듣던 그…?"

"그렇다네."

성삼문이 고개를 끄덕이고는 시습에게 말했다.

"인사 올리거라. 올해 급제한 신숙주 어른이시다."

시습이 허리를 굽혀 인사를 했다. 그리고 잠시 후 허리를 펴고 고개를 들어 신숙주를 올려다보다가 표정이 굳어졌다. 시습을 내려다보는 신숙주의 표정도 뜻밖에 덤덤했다.

"그럼 이따 보세."

이번에는 신숙주가 먼저 성삼문에게 인사를 했다.

"그러세."

신숙주는 시습에게는 다시 인사도 하지 않고 돌아서서 궐 안쪽으로 걸어 들어갔다. 멀어져가는 신숙주의 뒷모습을 성삼문은 약간 의

22

아한 심정으로 바라보았다.

궐문 밖까지 나온 성삼문이 내관이 들고 온 비단을 짐꾼에게 부리게 한 후 시습을 장 노인에게 인계했다.

"어르신. 다시 한 번 하례 드립니다. 주상 전하께서 이 아이의 글을 보시고 무척 흡족해 하셨습니다. 장차 크게 쓰고자 하니 잘 가르치고 키워 달라 하셨습니다."

"이런 황공할 데가…."

장 노인이 궐 안쪽을 향해 허리를 숙였다.

성삼문과 헤어진 후 시습은 짐꾼을 앞세운 채 외할아버지의 손을 잡고 동네 방향을 향해 보무당당하게 걸어 나갔다.

1-5

사물패의 연주가 흥겹게 울려 퍼지는 가운데 마당 가득한 손님들이 술과 음식을 들며 시끌벅적했다. 그 사이로 시습의 어머니가 분주하게 돌아다니며 비단으로 만든 수건을 손님들에게 돌렸다.

"이게 웬 거요?"

수건을 받아든 손님 하나가 물었다.

"임금님께서 내리신 비단을 잘라서 만들었어요."

시습의 어머니는 당연히 자랑스럽고 신난 표정이었다.

"허어, 이렇게 고마울 데가!"

"많이들 드세요! 그런데 시습이는 어디 갔누?"

시습의 어머니가 주위를 둘러보며 혼잣말로 중얼거렸다.

사랑방엔 시습의 외할아버지 장 노인과 시습의 스승 이계전, 그리고 좌의정 허조, 효령대군 등이 모여앉아 담소를 나누고 있었다.

"총명한 손주를 두셔서 얼마나 기쁘시오?"

허조가 장 노인에게 덕담을 건네자

"주상 전하께옵서 어린아이를 어여삐 보아주신 것일 뿐이옵니다."

장 노인이 공손히 고개를 숙였다.

"소직이 이제껏 가르친 아이들 중에도 최고입니다."

이계전이 약간 뽐내듯이 말하자 허조도 지지 않았다.

"내가 왕자 시절의 주상 전하를 가르칠 때도 그랬네. 아마도 주상 전하께서도 어릴 적 당신 모습을 본 듯해서 더욱 기뻐하셨을 걸세."

"아무렴. 어린 시절 주상 전하는 한 번 읽은 글은 절대로 잊지 않았지. 그래서 형으로서 내가 많이 부끄러웠소."

세종의 형 효령대군도 한마디 거들기를 잊지 않았다.

안마당의 사물패 연주 소리가 아득히 들려오는데 뒷마당 한쪽 구석에선 시습과 귀성이 소반에 차려진 음식을 먹고 있었다. 신나게 닭다리를 뜯는 귀성을 시습이 뿌듯한 표정으로 바라보았다.

"형, 많이 먹어."

"그래. 고마워. 내, 소 잡고 닭 잡는 반촌에 살지만 이렇게 마음껏 닭다리를 뜯는 건 처음이다."

"더 갖다 줄까?"

"아냐, 됐어. 그런데 시습아."

"응, 형."

"넌 임금님께서 인정하신 천재니까 장차 영의정도 될 수 있을 거다."

"영의정이 뭔데?"

"일인지하 만인지상이지. 즉, 임금님 빼곤 제일 높은 사람이다."

귀성이 어린 시습에게 아는 척을 했다.

"정말?"

"물론. 그러니 날 좀 도와주라."

"돕다니, 어떻게?"

"네 옆에서 호위무사를 할 수 있게 해줘. 그러다 보면 나도 장차 겸사복 정도는 될 수 있을 거다."

"겸사복?"

"나 같은 천출도 무과는 응시할 수 있거든."

그러면서 귀성이 잔에 술을 따랐다.

"형. 진짜 마실 거야?"

"영웅호걸이 술을 마다해선 안 되지."

"그럼 나도 한 잔."

"뭐라구?"

"영웅호걸이 술을 마다하면 안 된다며?"

시습에게도 술을 따르고 나서 귀성이 시습과 함께 호쾌하게 잔을 들었다.

2. 세종, 경연을 폐하다

2-1

이날 아침 경연청엔 전에 없던 긴장감이 감돌았다. 경연이 시작되기 전부터 세종의 표정이 몹시 무거워 보였기 때문이었다.

경연은 세종이 어탑에 자리하여 남면(南面)한 가운데 영사와 지사, 동지사, 참찬관, 시강관, 시독관, 검토관, 부검토관, 사경 등 경연관들이 좌우로 나뉘어 앉아 진행되었다.

평소와 달리 경연이 진행되는 동안에도 내내 세종은 아무 말이 없었다. 시독관이 교재를 강독할 때에도 그리고 시강관이 그 내용을 강론할 할 때에도 세종은 고개만 몇 차례 끄덕였을 뿐 어떤 이의를 제기하지도 질문을 던지지도 않았다.

그리고 경연이 끝나자 서책을 덮으며 잠시 침묵하다가 마침내 입을 열었다.

"후주는 비록 3대로 끝났지만 조광윤이 이은 송나라가 300년간 후주 황제의 자손을 보살폈으니 참으로 이전 역사에 없던 갸륵한 일이라 할 것이오. 우리 조선이 본받아야 할 것도 송나라의 그런 덕치가 아닐까 하오."

하나마나 한 소리였다. 그 말은 경연을 마치겠다는 소리에 다름 아니었다. 참찬관 정인지가 재빨리 세종의 내심을 읽었다.

"오늘, 후주 말 역사를 상고하는 것으로 마침내 『통감』 강독이 끝났사옵니다."

"그래, 5년 전부터 3년에 걸쳐 주석을 단 덕분에 1년 만에 끝내게 된 것 같소."

『통감』은 세종이 즉위한 후로 경연에서 두 번째 읽는 것이었다. 원래 제왕학의 교재였지만 분량이 방대해서 역대 임금들은 대개 『통감절요』를 읽었다. 그래서 5년 전부터 『통감』 주석 작업에 들어가 3년에 걸쳐 완성했다. 덕분에 두 번째 읽는 일은 1년 만에 끝낼 수 있었던 것이다.

"주상 전하의 밝으신 눈에 의지하여 『통감』을 읽으면서 신들의 깨달은 바가 컸사옵니다."

시강관이 세종의 비위를 맞추면서 경연의 마무리를 시도했다. 그러나 세종은 시강관의 말이 귀에 들어오지 않는 듯 무심한 표정을 짓고 있다가 경연장 말석에 앉아 있는 성삼문을 호명했다.

"성 저작은 어떤가? 오늘 처음 경연에 참석한 소감이?"

느닷없는 세종의 물음에 성삼문이 황급히 바닥으로 허리를 굽히며 머리를 조아렸다.

"엎드려 생각건대 신 삼문은 식견이 천박하고 성격이 우매하여 아는 게 없음에도 이 자리에 참석하게 된 게 매우 송구스러운 일이라 하겠습니다. 하오나 성상께서 하문하시니 무례와 부끄러움을 무릅쓰고 감히 대답해 올리고자 하옵니다. 신은 글을 알게 된 후로 두서없이 책을 읽었고 그 하찮은 성취로 과장을 통과하여 오늘 경연의 말석에 임하게 되었사옵니다. 그렇지만 아둔함이 심해 경전의 깊고 오묘한 뜻을 차마 이해하지 못하고 있던 바 오늘 장엄하시고 정대하시며 깊고 밝으신 성상의 가르침으로 머릿속의 어둠이 한 자락 걷혔사옵니다."

바짝 얼어붙은 듯한 성삼문의 모습에 세종의 입가에 모처럼 살짝 미소가 피어올랐다.

"그래, 『통감』은 이해할 만한가?"

"어찌 그게 가당키나 하겠습니까. 그저 대강의 뜻이나마 헤아려보고자 할 따름이옵니다."

"오늘 경연에 들기 전엔 무슨 책을 읽고 있었는가?"

"『성리대전』을 읽고 있었사옵니다."

"『성리대전』에 대해 말할 수 있겠는가?"

"20여 년 전 명나라 성조께서 경전과 성리설에 관한 이론을 집대성하여 편찬하신 책으로 원대의 성리학자 120여 명의 학설을 채택하였으며, 전체가 70권으로 이루어져 있습니다. 그 내용으로는 먼저, 저술과 그 주석을 수록한 것으로 주돈이(周敦頤)의 『태극도(太極圖)』와…"

"그만. 『성리대전』 이전엔 무엇을 읽었느냐?"

세종이 성삼문의 말을 끊고 다시 물었다.

"『대학연의』와 『춘추좌전』을 읽었사옵니다."

"혹 경서 외에 읽은 것들이 있느냐?"

"어려서부터 『구소수간』과 『초사』를 즐겨 읽었사옵니다."

"『구소수간』과 『초사』라…. 그래, 『구소수간』을 읽으며 얻은 게 무엇이더냐?"

세종이 약간 놀라는 표정으로 다시 물었다.

"구양수의 문장은 힘차면서도 감동적이었고 소동파의 빼어난 문예미에는 넋을 놓지 않을 수 없었사옵니다."

"그럼 『초사』에서 가장 마음에 드는 글은 무엇이더냐?"

"굴원의 「이소」와 송옥의 「구변」과 「초혼」을 빼고 『초사』를 말할 수 없겠지만 왕포의 「구회」와 왕일의 「구사」에 이르기까지 다른 글인들 어찌 마음을 빼앗기지 않을 수 있겠사옵니까."

"되었다."

세종이 성삼문의 대답이 만족한 듯 가볍게 웃으며 경연관들을 향해 말했다.

"가장 젊은 경연관이 저 정도면 경들에 대해선 더 이상 물을 필요가 없을 것이오."

그리고는 천천히 경연관들을 둘러보았다. 그 사이 세종의 표정이 점점 진지해졌다.

잠시 후 세종이 다시 입을 열었다.

"20여 년 전 보위에 오른 후로 과인은 나라의 중대사가 있을 때를 제외하곤 2천 회 가까이 경연을 계속해 왔소. 그리고 그동안 경들과 함께 『대학연의』를 시작으로 『사서오경』 같은 경서와 『좌전』, 『사기』, 『한서』, 『강목』 같은 사서를 두루 망라하여 중요한 서책들은 모두 두 번 이상 읽으며 그 뜻을 새겼소."

세종은 뭔가 말하고 싶은 게 있는 듯했다. 정인지가 고개를 숙이며 멍석을 깔았다.

"주상 전하께옵서 이루신 학업은 가히 태산 같고 심해 같아서 그 높이와 깊이를 신들은 차마 짐작하지 못하옵나이다."

"하여 오늘 과인은 중대한 발표를 할까 하오."

그 말에 경연관들이 술렁이기 시작했다. 그 술렁거림이 잦기를 기다려 세종이 말을 이었다.

"올해로 과인의 나이 마흔셋. 이제 과인도 늙어 기력이 쇠하고 기억력도 전과 같지 못하오. 하여 경연은 오늘로 끝내고 이후로 다시 열지 않겠소."

세종의 갑작스런 발언에 충격을 받은 듯 경연관들은 모두 할 말을 잃은 표정이었다.

청천벽력 같은 소리였다. 경연을 폐하겠다니. 그것도 호학(好學) 군주께서.

잠시 경연청 안은 무거운 정적이 흘렀다. 그 미몽 같은 분위기를 깬 건 동지사였다.

"옥체를 보중하셔야 함은 신들이 간절히 바라는 바이오나 경연을 중단하신다는 갑작스런 말씀에는 어리둥절한 마음을 금할 수 없사옵니다."

"앞으로는 정사도 세자에게 상당 부분 맡기고 과인은 건강을 돌볼까 하오."

세종은 자신의 생각을 다시 한 번 확인시키고 경연의 영사 허조 쪽으로 고개를 돌렸다.

"과인의 말을 좌상은 어떻게 생각하시오?"

경연관들의 이목이 일제히 허조 쪽으로 쏠렸다. 평소 입바른 말 잘하는 허조였던 만큼 무슨 소릴 할까 궁금하지 않을 수 없었던 것이다. 아니나 다를까.

"전하께서 하문하시니 신 허조 외람되이 삼가 한 말씀 올리겠나이다. 사실 지금까지 경연은 잘못된 것이었습니다."

허조의 발언에 경연청은 다시 긴장감에 흘러들었다.

"경연이 잘못 되었다니, 그게 무슨 말씀이오?"

세종의 안면이 약간 찌푸려졌다. 허조는 개의치 않고 자기 말을 계속했다.

"본시 경연이란 경연관들로 하여금 경서와 사서를 연구케 하여 임금께 군주의 도를 일러드리는 자리이옵니다."

"그렇소."

"하온데 전하께서는 20여 년 전 즉위하신 이후로 오늘날까지 경연을 열면서 도리어 신하들을 가르치셨습니다. 이는 경연의 본질에 어긋나는 것이었습니다."

허조의 말에 세종이 조금 당황한 표정을 지었다.

"과인이 경연관들을 가르쳤다는 말씀은 당치 않소. 과인은 경연관들과 더불어 책을 읽으며 함께 가르침을 얻었던 것이오."

20여 년 전. 세종은 즉위한 지 두 달 뒤인 10월 7일에 처음 경연을 열었다. 그런데 경연을 시작한 지 두어 달 만에 문제가 발생했다. 경연관들이 각자의 본직 업무가 바빠서였는지 강론 준비가 부실했다. 반면 그동안 학문에 열심이었던 젊은 왕은 너무 박식했다. 그랬던 만큼 강독의 수준과 진도에 있어 경연관들은 왕을 따라잡을 수 없었다. 그래서 경연은 경연관들이 왕을 가르치는 것이 아니라 왕이 주도하는 형국이 되어 버렸던 것이다. 그게 20여 년 내내 지속되었다.

"소신은 전하를 탓하는 것이 아니라 다만 경연관들의 불민을 지적했을 뿐이옵니다."

세종은 속으로 웃었다. 이런 능구렁이 같은 영감탱이라니.

좌의정 허조는 임금이 경연을 폐하는 것을 빌미로 다시 나태해질 지도 모를 경연관들을 다잡으려는 것이다.

"그 말씀도 사실과 다르오. 보셨잖소. 오늘 처음 참석한 성 저작의 학문이 저럴진대 어찌 경연관들을 불민하다 하겠소."

"경연관들의 학문이 오늘에 이른 건 전하의 보살핌과 채찍질이 있었기 때문이옵니다."

"그렇다면 이후로 경연을 열지 않겠다는 과인의 말을 좌상께서도 받아들인 것으로 생각해도 좋겠소?"

"소신은 주상 전하의 강녕하심을 돈수백배하며 기원하겠나이다."

허조가 고개를 숙여 답했다.

"그렇더라도 책을 손에서 놓는 일은 없을 것이오. 생각을 나눌 일이 있으면 언제라도 경들을 부르겠소. 그런 과인의 마음을 경들은 헤아려 주시오."

"분부 받잡겠나이다."

경연관 모두가 머리를 숙여 일제히 대답했다.

2-2

경연관들 틈에 섞여 성삼문이 경연청을 걸어 나오고 있었다.

"잘했네. 근보."

시강관이 성삼문의 어깨를 툭 치며 격려를 했다.

"별 말씀을요."

"신입에 대한 주상 전하의 일종의 신고식이지."

"아직도 가슴이 떨립니다."

성삼문이 안도의 한숨을 쉬며 가슴을 쓸어내리는 시늉을 했다.

"아니, 정말 전하께서도 흡족해 하시는 것 같았네."

"예….'

성삼문이 시강관을 향해 살짝 고개를 숙였다. 그때였다.

"어이, 꼴통"

뒤에서 누군가를 부르는 소리가 들려 삼문이 고개를 돌렸다. 허리가 굽은 좌의정 허조가 허청허청 이쪽으로 걸어오고 있었다. 그 뒤를 따르고 있는 부검토관 하위지의 모습도 보였다.

"예, 좌상 대감!"

다가온 허조에게 성삼문이 공손하게 인사를 올렸다. 그러나 허조는 대뜸 시비조였다.

"주상 전하께서 몇 마디 칭찬을 하셨다고 우쭐대지 마라."

성삼문은 당황했다.

"우쭐대다뇨? 아닙니다."

"이놈아. 니 얼굴에 다 쓰여 있다. 기고만장하는 그 속내가. 작년 과거에서 너를 뽑은 사람이 나다."

"알고 있습니다."

작년 과거시험을 관장한 수장이 좌의정 허조였다. 작년뿐만 아니라 몇 년째 허조는 과거시험을 관장해 오고 있었다.

"하지만 장원은 여기 이 하위지다. 너는 끄트머리에 간당간당 붙었고."

허조 뒤에서 하위지가 성삼문에게 민망한 웃음을 보내고 있었다. 허조를 향해 성삼문이 실실 웃었다.

"예. 알고 있습니다. 좌상 대감."

"그래서 하위지는 종6품 부수찬이고 너는 정8품 저작이란 말이다."

"예, 예…."

작년 식년시 과거에서 장원급제한 하위지는 종6품인 집현전 부수찬에 임명되었다. 반면 상삼문은 정9품 정자(正字)로 벼슬을 시작했다. 그러나 성삼문은 하위지를 부러워하지 않았다. 성삼문에게 하위지는 그저 믿고 의지할 수 있는 형과 같은 존재였다. 하위지는 성삼문보다 다섯 살 연상이었다.

"그리고 꼴이 그게 뭐냐?"

허조가 이번에는 성삼문의 차림새를 가지고 시비를 걸었다.

"예?"

"허리 굽혀!"

허조가 버럭 소리를 질렀다. 성삼문이 앞으로 허리를 굽히자 허조가 성삼문이 삐딱하게 쓴 사모를 두 손으로 바로잡으며 꾹꾹 눌렀다.

"똑바로 쓰고 다니란 말이다. 되지도 않은 겉멋 부리지 말고."

"예, 예…."

허리를 굽힌 채로 성삼문이 쿡쿡 웃었다.

"관복도 제대로 된 걸로 갖춰 입고. 관복 새것 하나 만들어 입을 돈도 없냐?"

허조가 짧은 관복 아래로 드러난 성삼문의 다리를 걸어찼다. 재빨리 피하면서 성삼문이 또 속으로 킥킥 웃었다. 당신도 낡아빠진 관복을 입고 계시면서. 허조가 성삼문을 향해 다시 발길질을 해댔지만 다리가 짧아 여의치가 않았다.

2-3

밤이 이슥해서 세종이 동궁전으로 들어섰다. 책상 앞에 앉아 있던 세자가 황급히 일어섰다.

"무얼 하고 있었느냐?"

책상 위에 펼쳐진 잡다한 문서들을 보며 세종이 물었다.

"숭정대부 성달생 경이 올린 진법도를 살펴보고 있었사옵니다."

세종이 의자에 앉자 세자도 따라 앉았다.

"조선 최고 무인의 진법도라. 취할 바가 클 것이다."

책상 위에 놓인 진법도를 내려다보며 세종이 고개를 끄덕였다.

성달생은 선대왕인 태종 때 처음 실시한 무과에서 장원급제한 인물이었다.

"소자가 부탁을 드렸습니다. 그런데 야심한 시각에 어인 일로 납시셨습니까?"

"내가 근자 괴물을 둘이나 보았다."

세종이 뜬금없는 소리를 했다.

"괴물이라시면?"

"혹시 김시습이란 아이 소문을 들어 보았느냐?"

"좌상 대감께서 칭찬하셨다는 그 아이 말씀이지요?"

"그렇다. 내가 시구 하나를 보냈는데 다섯 살짜리 아이의 대구가 놀랍기 그지없었다."

"전하의 치세에 그런 천재가 태어났다는 건 전하의 복이 아니겠습니까."

"그래. 장차 크게 쓰일 재목 같아서 흐뭇했다."

"또 하나는 누구이옵니까?"

"삼문이다."

"삼문이요?"

삼문은 진법도를 올린 바로 그 성달생의 장손 성삼문이었다.

"아침에 경연에 들어온 걸 한번 시험해 보았더니 예사 녀석이 아니었다."

세종의 말에 세자가 입가에 살짝 미소를 지었다.

"그래서 안평 아우가 집현전 학사로 추천하지 않았겠습니까. 함께 성균관에서 공부할 때 삼문을 따를 자가 없었다고 하옵니다."

"솔직히 나도 녀석의 나이 땐 그만큼 책을 읽지 못했다."

세자와 둘만이 있는 자리라 세종은 허심탄회한 심정이 된 듯했다.

"전하와 삼문을 비교할 수는 없사옵니다. 전하께선 정사를 돌보시는 가운데 책을 읽으셨고 삼문은 오로지 책만 읽었습니다."

"글쎄다. 아무튼 나도 웬만한 책은 두루 섭렵했다고 생각하는데 녀석은 모든 경서의 구석구석을 다 꿰고 있었다. 더 깊이 파고들면 솔직히 내가 밀릴 것 같아 슬쩍 그만 뒀다. 그런데 더욱 놀라운 것이 녀석이 내가 밀릴 것을 염려하여 은근히 변죽만 울리는 게야."

세종이 약간 시무룩한 표정을 지었다. 그런 세종을 보며 세자는 저도 모르게 솟구치는 웃음을 애써 참았다.

"그랬사옵니까."

"안평과 녀석이 동갑이지?"

"그렇사옵니다."

"안평과 녀석을 비교하면 어떠냐?"

세종이 말투가 은근했다.

"학문에 있어 안평은 삼문에 미치지 못하옵니다."

세자가 단호하게 대답했다. 그러자 세종의 얼굴에 실망의 기색이 서렸다.

"…그런가?"

"삼문의 학문은 그 넓이와 깊이를 알 수 없사옵니다."

"왕자가 돼서 신하들한테 꿀리면 안 되는데…. 왕실의 체면이란 게 있잖느냐."

세종이 걱정스러운 표정을 지었다.

"하지만 그림과 글씨에 있어선 삼문도 안평 아우를 따르지 못하옵니다. 안평 아우의 그림은 수준급이고 글씨는 고려왕조와 조선을 통틀어 최곱니다. 아마 이후로도 안평 아우의 글씨를 능가하는 사람은 쉽게 나오지 않을 것이옵니다."

"그래?"

세종은 비로소 희색이 도는 얼굴이 되었다.

"안평 아우의 글씨는 천품이옵니다. 가히 하늘에서 내린 재주이지요."

"그래. 학문도 좀 더 닦아서 삼문이에게 뒤지지 않았으면 좋으련만…."

"삼문도 전하의 신하이옵니다. 둘은 서로 둘도 없는 친구에다가 집안이 사돈지간이기도 하고요."

"그래. 그건 그렇지."

세종이 아쉬운 기색을 접으며 고개를 끄덕였다. 세자가 화제를 돌렸다.

"그보다 전하. 집현전의 인원을 보강했으면 하옵니다."

"어디 좋은 인물이 있느냐?"

"삼문이 신숙주를 추천했사옵니다. 올해 등과했는데 전하를 뵌 김에 윤허를 받았으면 하옵니다."

"삼문이 추천했다면 틀림없는 인물이겠지. 그나저나 세자."

"예, 전하."

"내가 너무 일찍 세자에게 정사를 맡기는 것 같구나."

"아니옵니다. 전하."

"미안하다. 너무 일에만 몰두하지 말고 가끔 활도 쏘고 사냥도 하면서 몸을 튼튼히 하도록 해라."

"예, 전하."

세자가 가볍게 고개를 숙였다. 부왕의 진심이 그대로 전해져 와 가슴 한편이 저르르 울렸다.

"그런데 경연을 중단하겠다는 말씀에 허조 대감이 아무 말 없었사옵니까?

"아무 말 없으면 허조 대감이 아니지."

세종이 씨익 웃으며 세자와 눈을 맞추었다.

허조. 좌의정 허조를 생각하면 세종은 묘한 기분이 되곤 했다.

전조(前朝) 고려 공양왕 때 과거에 급제하여 출사한 허조는 조선이 건국하면서 태조와 정종, 그리고 부왕 태종을 이어 세종까지 5대를 봉사한 고굉이었다. 능력이 출중하여 역대 조정에서 늘 적잖은 역할을 맡았지만 성격이 꼬장꼬장하고 지나치게 원리원칙을 따져 결코 편한 인물은 아니었다. 그건 주변사람들에겐 물론 임금에게도 마찬가지였다. 이를테면 평안도순찰사 때 도내의 민폐를 조사·보고하면서 조세 감면과 더불어 태종의 수렵까지도 자제를 극간했던 것이다.

그래서 태종도 처음엔 그를 썩 내켜하지 않았지만 그의 충심이 인정되어 종내는 측근에 두었고 아들 세종에게 선위를 할 때에도 '이 사람은 내 주춧돌'이라며 중용할 것을 당부했다.

그러나 세종도 직접 겪어보니 왜 사람들이 허조를 꺼려하는지 알게 되었다. 매사 무사공정(無私公正)했지만 조정대사를 논함에 있어 한 번도 쉽게 넘어가지 않아 사람을 질리게 하는 데가 있었던 것이다. 하지만 세종이 그를 멀리 하지 않고 마침내 좌의정에까지 올린 것은 털어도 먼지 한 점 안 나오는 그의 청렴함과 철저한 자기관리를 가벼이 여길 수 없었기 때문이었다.

그런 그였기에 여색을 멀리한 건 당연한 일이어서 세간에선 그가 부부관계도 모를 거라는 말까지 떠돌 정도였다. 그러면 그는 내 자식은 하늘에서 떨어진 거냐고 능청스럽게 대꾸하기도 했다.

그러나 그가 매양 뻣뻣하고 고지식하기만 한 것은 아니었다. 인재를 보는 눈이 탁월해 그가 주관한 과거를 통해 출사한 급제자들이 대거 집현전 학사로 진출했고 세종 재위 4년에 죄인의 자식이라도 직접 지은 죄가 없으면 처벌하지 않도록 한 법제도 그가 만든 것이었다.

그렇지만 아무리 바른 소리를 하는 거라 해도 일마다 사사건건 물고 늘어지는 건 역시 피곤한 일이었다.

"혹시 무슨 일이…?"

세자가 궁금증을 드러냈다.

"까탈을 부렸지만 그럭저럭 넘어갔다."

"다행이옵니다."

세자가 되레 안도의 한숨을 내쉬었다.

2-4

이튿날 후원 사정(射亭)에서 사례(射禮)가 열렸다.

조선은 활을 잘 쏘았던 태조 이래 모든 왕들이 궁궐 또는 도성 근교에서 자주 활을 쏘았다. 그리고 무인은 물론 문(文)을 숭상하는 유학자들에게도 활쏘기를 권장하였다. 그래서 검술, 창술, 봉술, 권법 등은 다소 등한시 하더라도 활쏘기만큼은 기본적 교양으로 인식하는 분위기가 왕실과 양반들 사이에선 널리 형성되어 있었다.

궁궐에서의 공식적인 활쏘기는 대사례(大射禮)와 연사례(燕射禮) 등이 있었지만 이날 사례는 세자가 왕자들과 몇몇 신하들만 참석토록 한 가운데 약식으로 진행되었다. 세자의 건강을 염려하는 세종을 안심시키고자 비공식적으로 연 사례였기 때문이었다.

그래서 사례는 왕자들과 몇몇 신하들 중심의 활쏘기로 이루어졌다. 말하자면 국왕에게 세자를 비롯한 왕자들의 활솜씨를 증명하는 자리였던 것이다.

정식 사례가 아니었던 만큼 어린 왕자들부터 활쏘기를 시작했다. 그리고 마침내 안평대군과 수양대군의 차례가 되었다. 그때 세종이 무슨 생각에서인지 두 사람이 번갈아가며 쏘기를 명했다. 세종의 명에 따라 수양대군과 안평대군은 오른손 엄지손가락에 깍지를 낀 후 각궁(角弓)을 들고 나란히 사대에 올랐다. 그리고 90보 가량 떨어져 있는 곰의 머리가 그려진 과녁을 향해 수양대군이 먼저, 안평대군이 나중, 그 다음은 반대 순서로 우전(羽箭)을 날렸다. 두 사람이 날린 화살은 정확하게 과녁 한복판을 관통했다. 그때마다 '획(獲)'이라고 쓰인 깃발이 나부끼고 음악이 연주되었다. 두 사람이 날린 화살은 각기 네 발씩이었고 그것들은 정확하게 과녁 한가운데서 작은 사각형을 형성했다. 두 사람 다 예사 솜씨가 아니었다. 두 사람을 바라보는 세종의 얼굴에 만족감이 흘렀다. 그러나 안평대군은 덤덤한 표정인 반면 활쏘기에 자부심이 대단했던 수양대군은 약간 뿌루퉁한 얼굴이었다.

"세자도 한번 쏘아보겠느냐?"

세종이 뒤쪽에 앉은 세자에게 넌지시 물었다. 세종이 정작 보고 싶은 건 바로 세자의 활솜씨일 터였다.

"예, 전하."

세자가 일어서서 세종에게 예를 표하고 사대로 올라갔다. 그리고 화살을 장전한 후 거침없이 각궁의 시위를 당겼다 놓았다. 화살은 과녁의 정중앙에 날아가 꽂혔다. 이어 세자는 연달아 세 발의 화살을 계속해서 날렸다. 마치 전장에서 딜러드는 적들을 향해 화살을 날리는 듯한 모습이었다. 동시에 대신들의 탄성이 터졌다. 네 발의 화살은 믿기지 않게 한 지점에 고스란히 박혀 있었다.

"전하! 가히 신궁의 경지입니다."

뒤쪽에 앉은 영의정 황희가 세종에게 말했다. 세종도 고개를 끄덕이며 입가에 지긋한 미소를 지었다.

세자의 활쏘기가 끝나자 신료들의 활쏘기로 이어졌다. 집현전 쪽에선 성삼문과 이선로가 추천을 받았지만 성삼문은 끝내 사양하였다. 그래서 이선로 단독으로 집현전을 대표해서 활을 들었다. 무술의 달인이라는 세평답게 이선로의 활솜씨는 세자 못지않았다.

2-5

신숙주가 장서각에 들러 책을 보고 있는데 정인지가 안으로 들어섰다.

"스승님!"

정인지는 윤회와 더불어 신숙주가 출사 전 수학한 두 명의 스승 중 한 사람이었다. 신숙주는 일찍 세상을 뜬 아버지 신장과 친한 사이였던 윤회에게서 어릴 적 글을 배웠고 커서는 정인지 문하에서 가르침을 받았다.

"그게 뭔가?"

신숙주가 들고 있는 서책을 보며 정인지가 물었다.

"서책 대출일지입니다."

"그건 왜?

"책을 보러 왔다가 그냥⋯. 그런데 삼문이 이 친구 대체 읽지 않은 책이 없습니다."

그러면서 신숙주가 정인지에게 성삼문의 대출 목록을 보여주었다. 그러나 정인지는 목록에는 관심이 없는 듯 눈길도 주지 않고 애매한 표정을 짓다가 다른 얘길 꺼냈다.

"혹시 그저께 경연에이의 일을 들었느냐?"

"무슨⋯?"

"삼문이 주상 전하께 확실한 눈도장을 찍었다."

"아, 예⋯."

"게다가 안평대군과는 사돈지간이다."

"예⋯."

갑자기 뜬금없는 말씀은 왜?

신숙주는 스승 정인지의 속내가 가늠이 되지 않았다.

안평대군은 세종의 셋째아들로 태어나자마자 성녕대군의 양자로 보내졌다. 성녕대군은 태종의 막내아들이자 세종의 막내동생이었는데 14세에 요절했다. 그 일로 상왕으로 물러날 만큼 애통해하던 태종을 위로하고자 세종이 안평대군을 죽은 성녕대군 가(家)에 양자로 보냈던 것이다. 그런데 그 성녕대군의 부인 성씨가 바로 성삼문의 재당 고모였다. 따라서 두 집안은 사돈지간에다 동갑내기인 안평대군과 성삼문은 내외종 8촌이 되었다.

"삼문과는 친한가?"

신숙주는 정인지가 무슨 말을 하려는 건지 종잡을 수가 없었다.

"그런 편입니다만…."

"삼문이 자넬 집현전 학사로 세자 저하께 추천했다."

"예?"

신숙주는 착잡한 마음이 되었다.

"열심히 하게, 자네도."

"삼문에겐 삼문의 길이 있고 제겐 제 길이 있습니다."

신숙주가 나직이 대답했다.

"그래. 그런데 참…."

"왜 그러십니까?"

"주상 전하께서 경연을 폐하셨다."

"무슨 이유로요?"

"건강 때문이라는데…."

"건강이 많이 안 좋으십니까?"

신숙주가 놀란 표정으로 물었다.

"안 좋으시긴 해도 경연을 폐할 정도는 아닐 듯싶은데. 혹시 다른
이유가 있는 건 아닌지…."

정인지는 고개를 갸웃거리며 뭔가 골똘히 생각하는 얼굴이었다.

3. 시습, 삼문의 집을 가다

3-1

광화문을 나와 성삼문은 박팽년, 이개 등 동료들과 헤어진 후 시장 쪽으로 향했다. 한 손에 책 보따리를 들고 경중경중 걷고 있는 그의 걸음걸이는 가벼워 보였다.

시장에 이르는 동안 성삼문은 자주 뒤쪽으로 주의를 기울였다. 누군가가 따라오고 있었던 것이다. 그래서 수시로 걸음 속도를 조절했다. 제대로 따라오게 하기 위해서였다.

시장 안으로 들어선 성삼문이 이리저리 둘러보다 어물전 앞에 멈쳐 섰다. 그리고 생선들을 살펴보고는 조기를 두어 손 골랐다.

"얼만가?"

"예?"

서른쯤 되어 보이는 어물전 아낙은 관복을 입은 양반이 시장에 들어선 사실이 놀라운지 어안이 벙벙한 표정이었다.

"얼마냐고 물었네."

"아, 예…. 닷 푼입니다만…."

"좀 깎아주시게."

"예?"

"좀 깎아달라고 했네."

"아, 예. 세 푼만 주십쇼."

성삼문이 돈을 내밀었다. 돈을 세어보던 아낙이 또 놀란 얼굴로 고개를 쳐들었다.

"소인이 깎아 드린다고 했는데…?"

"그냥 한번 그래본 거네. 흥정 하는 재미란 게 있잖은가. 에누리하려던 값은 집에 있는 아이 책 사는 데 보태시게."

성삼문의 말에 아낙이 놀란 눈을 더욱 크게 떴다.

"어떻게 아셨남요? 소인에게 공부하는 아들이 있다는 걸…?"

"자네 얼굴에 다 씌어 있네."

성삼문이 빙긋이 웃으며 대답했다.

"예?"

"자네 표정이 밝았네. 그래서 자랑할 만한 아이를 둔 게 아닌가 싶었네. 설령 자신의 일이 힘들더라도 공부하는 자식이 있으면 신나는 법이거든."

"고맙습니다요."

아낙이 신나는 듯이 고개를 숙였다.

"그래, 무슨 공부를 하는가, 아들은?"

아낙이 싸준 생선을 건네받으며 성삼문이 물었다.

"내년 잡과에 응시할 요량입니다요."

"그래, 열심히 해서 좋은 결과가 있길 바라네."

시장을 나온 성삼문은 한 손엔 책 보따리, 다른 한 손엔 생선을 들고 다시 경중경중 걸었다. 그 모습이 조금 우스꽝스러웠다.

3-2

성삼문의 집은 본채와 사랑채, 별채, 곳간, 창고 등이 들어서 있어 규모는 작지 않다고 해도 북촌에서는 보기 드문 초가였다.

성삼문이 마당으로 들어서자 본채에서 부인 김씨가 간난아이를 안고 나왔다.

"어서 안으로 드세요."

성삼문이 부인에게 생선을 건네며 아이를 받아 들었다.

"들어오너라."

아이를 들어 올리며 어르다가 얼굴을 그대로 한 채 눈만 옆으로 돌리며 성삼문이 뒤쪽을 향해 소리쳤다. 그러자 시습이 조심조심 마당으로 들어와 성삼문 옆에 섰다.

"이 아이가 누구예요?"

부인 김씨가 의아해 하며 물었다.

"인사 올리거라."

"저는 김시습이라 하옵니다."

시습이 김씨를 향해 공손하게 고개를 숙였다.

"김시습이라면…? 지난번에 주상 전하께옵서 칭찬하셨다는…?"

김씨가 남편을 보며 깜짝 놀라는 얼굴을 했다.

"그렇소."

성삼문이 부인에게 아이를 돌려주며 사랑채로 올라섰다. 시습도 성삼문을 뒤따르며 부인 김씨에게 안겨 있는 간난아이를 유심히 보았다.

방안으로 들어선 시습은 벽면 가득 쌓여 있는 책들을 보며 눈이 휘둥그레졌다.

"자, 앉거라."

성삼문이 앉기를 권하자,

"예, 나리."

여전히 벽면의 책들로부터 눈길을 떼지 못한 채 시습이 엉거주춤 바닥에 앉았다.

그때 부인 김씨가 방문을 열고 들어와 상을 놓고 나갔다. 상 위엔 밥그릇이 세 개 놓여 있었다. 시습이 토끼 같은 눈으로 성삼문을 올려다보았다. 그러나 성삼문은 시습의 시선은 아랑곳하지 않고 문 쪽을 향해 엉뚱한 소리를 했다.

"너도 들어오너라!"

그리고 문 밖에서 아무런 움직임이 없자,

"들어오라니까!"

조금 더 소리를 높였다. 그러자 방문이 열리며 귀성이 들어왔다.

"형!"

시습이 놀란 얼굴로 귀성을 올려다보았다.

"너는 누구냐?"

성삼문이 물었다.

"소인은 귀성이라고 하옵니다. 시습의 호위무사이옵니다."

귀성이 곧장 꿇어앉아 성삼문에게 큰절을 올렸다.

"호위무사라…. 그래, 자, 밥부터 먹자."

성삼문이 소리 내어 웃으며 귀성에게 가까이 오라는 시늉을 했다.

세 사람은 상에 둘러앉아 밥을 먹었다.

"나리. 저 책들을 다 읽으셨나요?"

상을 물리고 난 후 시습이 벽면 가득한 책들을 보며 성삼문에게 물었다.

"그래."

"제가 읽을 수 있는 책도 있나요?"

"근자 읽은 책이 어떤 것들이냐?"

"작년에 『대학』과 『중용』을 떼었습니다."

"허어, 『대학』과 『중용』을 떼었다? 대단하구나. 그렇다면 어떤 것이든 능히 읽을 수 있을 것이다. 그래, 누구한테 배웠느냐?"

"예문관 수찬 이계전 나리께 배웠습니다."

"예문관 수찬 이계전이라 어른이라…."

성삼문이 놀라는 얼굴로 고개를 끄덕였다.

이계전은 고려조 목은 이색의 친손자로 10여 년 전 친시 문과에 급제한 유능한 인물이었다. 그리고 집현전 동료인 이개의 숙부이기도 했다.

"책을 구경해도 될까요, 나리?"

시종 벽에 쌓인 책들에서 눈을 떼지 않던 시습이 물었다.

"얼마든지…."

성삼문이 흔쾌히 대답했다.

시습이 일어나 벽 쪽으로 가서 쌓여 있는 책들을 들여다보았다. 그러다가 잘못 건들었는지 책 한 권이 바닥으로 떨어졌다. 당황한 시습이 얼른 책을 주워들었다. 그리고 무심결에 책을 펼치자 무사들의 무예 품새가 그려져 있었다.

"그 책 이리 가져오너라."

시습이 책을 성삼문 앞에 갖다 놓고 그 자리에 앉았다.

"이 책은 『조선무예도감』이다."

성삼문이 책이름을 일러주었다.

"무술책인가요?"

"그래."

성삼문의 말에 조금 떨어져 앉아 있는 귀성의 눈빛이 번쩍였다. 그런 귀성을 바라보며 성삼문이 물었다.

"시습의 호위무사라고 했지?"

"예. 나리."

"지금 몇 살이냐?"

"열두 살이옵니다."

"그래? 이리 가까이 오너라."

귀성이 무릎걸음으로 다가오자 성삼문이 두 손으로 귀성의 어깨와 가슴, 팔 등을 세심하게 만져보고는 천천히 고개를 끄덕였다.

"어, 어찌 그러시옵니까?"

영문을 알지 못하는 귀성이 어리둥절해 했다.

"좋은 체격이다."

"예?"

"이 책은 네가 가지거라."

그러자 귀성이 그 자리에서 갑자기 꿇어 엎드렸다.

"정말 소, 소인에게 이 책을 주시는 겁니까?"

"그래. 할아버님께서 지으신 책인데 나는 다 익혔다. 할아버님께선 조선제일검이셨다."

"조선제일검요?"

고개를 쳐든 귀성이 크게 눈을 떴다.

"그렇다."

성삼문의 조부 성달생은 젊어서부터 궁술, 창검술, 마술(馬術) 등 무예가 뛰어나 대적할 자가 없을 만큼 명성이 자자했다. 그런 그를 태종이 왕세제(王世弟) 시절 눈여겨보고 곁에 두면서 총애했다. 그리고 보위에 오르자 무과를 신설하고 장원으로 급제한 그를 종3품 대호군으로 승진시키면서 내내 중용했다.

"혹시라도 제가 뵐 수는 없을까요?"

"글쎄다. 앞으로 기회가 있지 않겠느냐. 할아버님은 아버님과 함께 세자 저하께서 주관하시는 진법훈련장에 가셨다. 모레쯤 돌아오실 거다."

"나리도 무술을 하십니까?"

귀성이 한쪽 벽에 걸린 활과 검을 올려다보며 물었다.

"선비는 활과 칼을 쓸 줄 알아야 한다. 활과 칼은 정신 수양과 체력 단련에 도움이 된다."

"예…."

성삼문이 책을 이곳저곳 펼쳐보이곤 귀성에게 내밀었다.

"장차 무인이 되려한다면 도움이 될 거다. 검술은 물론 말을 타고 활을 쏘고 창을 쓰는 법이 다 들어 있으니까."

귀성이 엎드린 채로 펼쳐진 책으로 눈을 가져가다가 그림 밑에 적혀 있는 한자들을 보며 난감한 표정을 지었다.

"형, 걱정 마. 글자는 내가 읽어줄 테니까."

그런 귀성의 낌새를 눈치 챈 시습이 재빨리 말했다. 그러자 성삼문이 귀성을 보며 고개를 저었다.

"아니다. 네가 무예를 배울 생각이면 먼저 글부터 익혀야 할 것이다."

"예?"

"서(書)와 검(劍)은 이치가 같은 것이다. 하여, 검을 다루려면 글 쓰는 기본과 자세가 돼 있어야 한다. 내 일전에 시습이 글을 쓰는 걸 본 적이 있으니 시습에게 글부터 배워라. 할아버님도 일찍이 필법이 뛰어나셨다."

"예, 나리."

귀성이 또 고개를 숙이자 성삼문은 붓을 들어 종이에 몇 자의 글을 적어 귀성에게 주었다.

"항상 간직하도록 해라. 네가 글쓰기를 연마해 이 필법을 이해하게 된다면 검술도 그만큼 발전시킬 수 있을 것이다."

"예, 나리! 소인 같은 비천한 놈에게 자비를 베풀어 주시니 평생 그 은혜를 잊지 않겠사옵니다."

귀성이 엎드린 채로 울먹이며 대답했다.

"이런 녀석은! 뭐 은혜랄 게 있나."

성삼문이 귀성을 보며 가볍게 웃었다. 그러나 귀성을 바라보는 성삼문의 눈길은 따사로웠다.

"나리. 제게도 책 몇 권 빌려주실 수 없나요?"

성삼문이 귀성과의 대화가 끝나기를 기다려 시습이 조심스럽게 말했다.

"빌려주는 게 아니라 그냥 주마. 가지고 갈 만큼 가져가거라."

"정말요?"

시습의 눈이 휘둥그레졌다.

잠시 후 책이 가득 든 보따리를 맨 시습과 귀성이 성삼문을 따라 마당으로 내려섰다. 시습은 보따리 무게가 힘에 부쳐 몸이 기우뚱거렸다.

"나리. 정말 이 책들을 절 주셔도 괜찮아요?"

"그래, 나는 다 외웠다. 그래서 없어도 된다."

그러자 시습이 엉뚱한 소리를 했다.

"나리. 이 책을 다 읽고 나면 다른 책을 또 빌리러 와도 되나요?"

"원 녀석도. 그러려무나."

그런 시습을 바라보는 부인 김씨의 입가에 살짝 미소가 번졌다.

4. 성승, 세자 구하고 허조 죽다

4-1

한양 근교 살곶이벌에서 세종과 영의정, 우의정, 숭정대부 성달생 등 대신들이 참관하는 가운데 진법훈련이 진행되고 있었다. 총 지휘를 맡은 세자의 구호에 따라 넓은 들판에서 군사들이 수시로 변화무쌍한 진용을 펼쳐 보였다. 수양대군과 안평대군도 다섯으로 나뉜 중군(中軍)을 각각 하나씩 지휘했다. 참관석에서 흥미롭게 훈련을 지켜보는 세종의 얼굴엔 만족감이 흘렀다.

"세자 저하는 물론 두 대군 나리의 지휘도 훌륭하옵니다. 연전에

함길도 여진족을 토벌할 때 종군하시면서 단련이 많이 된 듯싶사옵
니다."

영의정 황희가 세종에게 아뢰었다.

작년과 재작년, 세종은 수양대군과 안평대군을 각각 함경도로 보내
국경 마을을 넘나드는 여진족 토벌에 종군토록 했다. 왕자를 보냄으
로써 압록강을 북변의 국경으로 확정하려는 북방 경략의 의지를 강력
하게 천명하고자 함이었다.

"군사들이 자유자재로 일사분란하게 진용을 만드는 게 아주 훌륭
하오."

세종이 자신의 소감을 밝히고는,

"진법도를 완성하느라 숭정대부께서 많이 애쓰셨소."

우측에 앉은 성달생에게 치하의 말을 건넸다.

"망극하옵니다. 전하."

성달생이 고개를 숙여 임금에게 예를 표했다.

사실 지금 실시하고 있는 진법훈련은 지난 수년간 성달생이 함길
도에서 복무한 세월의 산물이었다. 지금 함길도 병마도절제사로 가
있는 김종서의 전임이 성달생이었던 것이다. 세종은 연로한 성달생
의 그간의 공을 인정하여 곁으로 불러들이면서 김종서를 후임으로
임명했다.

"돌아와서도 쉬지 않고 이런 진법을 만드시니 고맙기가 그지없소."

"주상 전하와 세자 저하의 인도가 아니었으면 소신이 어찌 생각이

나 할 수 있었겠사옵니까."

성달생이 공을 세종과 세자에게 돌렸다.

그때 갑자기 폭우가 쏟아지기 시작했다. 그리고 그 기세는 시간이 지날수록 더욱 거세졌다. 결국 세자가 각 중군장들에게 명령하여 군사들을 정위치 시키고 훈련을 마치도록 했다.

세자를 필두로 수양대군과 안평대군이, 뒤이어 중군장들이 참관석 쪽을 향해 말을 몰았다. 결국 세자가 먼저 참관석 앞 늪지대에 설치된 목교(木橋)에 오르자 수양대군과 안평대군이 뒤로 바짝 붙어 세자를 수행했다.

세자가 목교를 절반쯤 건넜을 때였다. 수양대군의 말이 경기가 난 듯 갑자기 앞발을 쳐들고 날뛰기 시작했다. 이어 수양대군이 말에서 튕겨져 나와 목교 위로 떨어졌다. 그리고 수양대군의 말은 곧장 앞으로 달려 나가 세자가 탄 말을 옆으로 밀쳤다. 그 바람에 세자의 말이 균형을 잃으면서 세자가 늪으로 빠졌다.

"저런!"

세종이 경악하며 벌떡 자리에서 일어섰다. 동시에 대신들도 모두 자리에서 일어나 비명을 질렀다.

그 순간 세종 뒤에 시립해 있던 대호군 성승이 재빨리 앞으로 뛰어나가 서 있던 말에 올라타고 다리 쪽으로 내달렸다. 그리고 다리에 이르자마자 몸을 날려 늪으로 뛰어들었다.

세차게 내리는 비와 불어난 물로 세자는 점점 늪 속으로 깊이 빠져

들고 있었다. 세자의 겨드랑이에 한 팔을 끼고 성승은 안간힘을 쓰며 다리 쪽으로 몸을 움직였다. 그리고 다리에서 말을 내린 안평대군과 군사들이 건네는 창 한쪽을 잡고 어렵게 늪을 빠져나왔다.

세종이 안도의 한숨을 내쉬며 털썩 자리에 앉았다. 아찔한 순간이 었다.

대신들이 미처 정신을 수습하지 못하고 선 채로 웅성거리는데 목교를 걸어서 건너온 수양대군이 칼을 뽑고 먼저 도착한 자신의 말의 목을 내려쳤다. 말의 목에서 세차게 핏줄기가 솟구쳤다. 그 모습에 대신들이 다시 경악하며 비명을 쏟았다.

4-2

강녕전에 어둠이 내렸다.

야장의(夜長衣: 잠옷) 차림의 세종이 성달생과 성승, 성삼문 3대를 인견했다.

세종 앞엔 서안(書案)과 소반이, 그리고 세 사람 앞엔 각각 소반이 놓여 있었다.

상선이 기다란 함을 들고 와 세종 옆에 섰다.

"대호군은 이리 와서 받으라."

세종이 성승에게 명했다. 성승이 앞으로 나가 상선이 건네는 함을 받았다.

"열어 보라."

성승이 함을 열자 안에는 잘 만들어진 활 한 자루가 들어 있었다.

"그저께 위험을 무릅쓰고 세자를 구한 데 대한 과인의 고마운 마음을 담은 것이다."

말을 하면서 세종이 슬쩍 서안 위의 책으로 눈을 주었다.

"소신 겸사복을 관장하는 대호군으로서 응당 할 일을 했을 뿐이옵니다."

성승이 엎드려 고개를 숙였다.

겸사복은 국왕의 신변 보호와 왕궁 호위 및 친병 양성 등의 임무를 맡았던 금위(禁衛)의 군사로 뛰어난 무예 실력을 갖추고 있었다.

성승이 절을 올린 후 함을 들고 제자리로 돌아가자 세종이 성달생 쪽을 지긋한 눈으로 바라보았다.

"그나저나 이렇게 3대가 나란히 앉아 계신 모습을 보니 부럽기 그지없소."

"소신, 선대 태종대왕 때 말을 하사받은 적이 있사온데 오늘 다시 주상 전하께옵서 자식에게 활을 내리시니 대를 이은 은혜에 황공하고 송구하기 이를 데 없사옵니다."

"자, 드시오. 횡성에서 갓 잡아 올린 고기요. 육질이 부드러운 게 과히 일품이오."

그러면서 세종이 소반 위의 고기를 한 점 집어 입에 넣었다.

"주상 전하. 소신 외람되게 한 말씀 아뢰어도 되겠사옵니까?"

잠자코 있던 성삼문이 고개를 숙인 채 입을 열었다.

"그래, 무슨 말이냐?"

세종이 성삼문을 바라보며 다정한 눈빛을 보냈다. 그리고는 시선을 책으로 옮기며 다시 고기 한 점을 집었다.

"성상께옵서 날로 옥체가 비대해지시는데 야밤에 육식은 삼가셔야 하옵니다."

"응? 그래. 내 참고하마."

그러면서 세종은 다시 고기 한 점을 집었다. 그러다가 고개를 든 성삼문과 시선이 마주쳤다.

"전하. 아니 되옵니다. 육식은."

성삼문의 말에 세종이 고기를 집은 젓가락을 입으로 가져가려다가 멈추었다.

"삼문아!"

성달생이 손자를 제지했다. 그러나 성삼문은 못들은 척했다.

"전하께옵선 육식을 금하시고 채식을 하셔야 하옵니다."

"삼문아!"

이번에는 성승이 아들을 꾸짖듯 불렀지만 효과가 없었다.

"근자에 듣기로 성상께옵서는 용안이 침침해져 서책을 대하기 힘드시고 종기가 도져 고생을 하시기도 한다고 합니다."

"그래, 간혹 그런 적이 있다."

그리고는 세종은 다시 책으로 눈을 돌렸다.

"전하! 육식을 하시면 비만이 오고 옥체에 노폐물이 쌓여 용안이 침침해짐은 물론 종기에 해롭습니다. 그러나 채식을 하시면 나쁜 기운이 빠져나가서 옥체가 가벼워지옵니다."

성삼문의 얘기를 들으면서 세종은 여전히 책에 눈을 주고 기회를 보면서 고기를 집었다. 그러다가 성삼문과 시선이 마주치면 동작을 중지했다. 그렇게 서로 상대방의 눈치를 살피는 순간이 몇 차례 더 반복되었다.

"삼문아!"

이윽고 세종이 성삼문의 이름을 불렀다.

"예, 전하."

"그새 너 많이 컸다."

"주, 죽여주시옵소서."

성삼문이 황급히 엎드려 고개를 숙였다.

"아니다. 그냥 웃자고 한 번 해 본 말이다."

세종이 성삼문을 보며 장난스럽게 웃었다.

"망극하옵니다."

"삼문아, 들어 봐라. 내 수시로 마음이 번잡기로 아주 가끔 고기를 조금씩 드는 게 유일한 낙이다. 그걸 시비하려하느냐?"

세종의 어조는 얼핏 사정조였다.

"정 그러하시다면 소신의 말을 따라주시옵소서."

"그래? 무슨 방도가 있느냐?"

"잠시 바깥으로 납시옵소서."

"삼문아!"

성승이 민망해하며 다시 아들을 불렀다.

성달생과 성승이 지켜보는 가운데 성삼문이 세종에게 아뢰었다.

"전하의 기력이 쇠하고 용안이 침침해지는 것은 소갈증에 근본적인 원인이 있사옵니다. 그리고 그 소갈증이 종기를 낫지 않게 하는 것이옵니다."

"그래, 그러면 어떡해야 하느냐?"

"소갈증을 다스리며 육류를 드시려면 매일 옥체를 움직이셔야 하옵니다."

"몸을 움직인다?"

"이렇게요."

성삼문이 갑자기 강녕전 뜰을 한 바퀴 뛰고 다시 돌아왔다.

"그렇다고 이 나이에 어떻게 그리 뛸 수가 있겠느냐?"

세종이 내키지 않는 표정을 지었다.

"그러시다면 이렇게라도 하셔야 하옵니다."

"어떻게?"

세종의 물음에 성삼문이 하늘을 올려다보았다. 보름으로 다가서는 달빛이 밝았다.

"달 밝은 밤엔 이렇게 해보소서."

그러면서 성삼문이 그 자리에서 제자리뛰기를 했다.

"전하. 한 번 해 보옵소서."

성삼문의 재촉에 세종이 마지못해 함께 제자리뛰기를 했다. 하지만 그 모습이 어색하기 짝이 없었다.

"이게 지루하시면 가끔 이렇게 옥체를 움직이소서."

성삼문이 양팔을 교대로 앞으로 뻗고 다리를 들어 허공을 차는 시늉을 했다.

"한 번 해 보옵소서."

세종이 난감해하자 성삼문이 다시 한 번 시범을 보였다.

"소신을 따라 한 번 해 보옵소서."

할 수 없이 세종이 성삼문을 따라 팔뻗기와 발차기를 했다. 그러나 날렵하고 부드러운 성삼문의 동작과 달리 몸집이 비대한 세종의 움직임은 우스꽝스럽기 짝이 없었다.

"전하! 잘 하셨습니다. 다시 한 번 해 보옵소서."

"또 하라고?"

세종이 울상을 지었다.

그때였다.

"주상 전하!"

상선이 다급하게 임금을 부르며 뜰로 들어섰다.

"무슨 일이냐?"

성삼문의 성화에서 풀려났다는 듯 세종이 상선에게 반갑게 물었다.

"좌상 대감이 위독하다는 전갈이 왔사옵니다."

"뭐라고? 허조 대감이? 허어, 이 일을 어찌하누!"

세종의 얼굴이 갑자기 울상으로 변했다.

4-3

허조의 방엔 이미 식구들과 친지들이 모여 있었다. 그 사이로 성달생과 성승, 성삼문 3대도 적당히 끼어들어 앉았다. 임종이 가까운 듯 허조는 누운 채로 연신 가쁜 숨을 내쉬었다. 그런 중에도 얼굴은 웃고 있었다. 그런 허조가 기막힌지 그의 형 허주가 동생을 안타깝게 내려다보았다. 그러자 허조가 되레 그의 형을 위로했다.

"형님, 왜 그런 얼굴을 하시오? 사람 죽는 거 처음 보시오?"

"이 사람아. 저승길을 앞에 둔 사람이 뭐 좋은 일이 있다고 그리 웃고 있는가?"

"참, 형님도. 내 나이 일흔을 넘겼고 그 성정이 불같으시던 태종대왕과…. 골골…. 현군이자 성군이신 주상 전하의 은총을 받아 지위가 정승에 이르렀소. 두 분 대왕께서는 내가 간언하면 행하시고 말하면 들어주셨으니…. 골골…. 이제 죽는다 한들 무슨 여한이 있겠소. 웃을 수밖에요."

그렇게 허조는 가래 끓는 소리로 힘들게 말하고는 다시 히죽 웃었다.

"그래도 이 사람아…."

허주가 말을 잇지 못하는데 허조가 성달생 부자를 보고 아는 체를 했다.

"숭정대부와 대호군도 오셨구려."

"예, 좌상 대감! 어서 쾌차하셔야지요."

성달생이 두 손으로 허조의 손을 잡았다.

성달생으로선 허조가 각별하다면 각별한 사람이었다. 두 사람은 다 같이 태종의 신임을 받았고 그 유지가 세종에게까지 이어져 문신과 무신으로서 중용되었던 것이다.

실제로 허조는 명재상이라 일컬어 손색이 없는 사람이었다. 영의정 황희만 해도 처신에 이런저런 잡음이 없지 않았지만 허조는 그야말로 자기 관리에 철저한, 청렴한 사람이었다. 그리고 까탈스럽긴 해도 성격이 두루 원만한 황희와 잘 조화를 이루며 임금을 보필했다. 그런 그가 이제 종말을 앞두고 있는 것이다.

"쾌차는 무슨. 아무튼…. 이렇게…. 골골…. 와 주셔서 고맙소."

허조가 성달생과 눈을 맞추며 힘겹게 말했다. 그러다가 뒤에 앉은 성삼문을 발견하곤

"어이, 꼴통 너도 왔냐?"

가까이 오라는 손짓을 했다.

"예. 좌상 대감."

성삼문이 가까이 다가가자 허조가 더 가까이 오라는 손짓을 했다.
성삼문이 바짝 다가가 허리를 굽혔다.

"임마! 네놈이 최고다."

허조가 성삼문의 귀에다 대고 엉뚱한 소리를 했다.

"예?"

"위지는 뛰어나지만 성격이 급하고 팽년은 총명하지만 고지식하
다. 그리고…. 골골…. 이개는 착하지만 약해빠졌다."

"예…."

"그리고 숙주는 열심히 하지만 포부가 너무 크다."

"예…."

"그러니 속내를 드러내지 않고 뻔뻔하긴 해도 유들유들 능글맞은
네놈이 최고란 말이다."

"예…."

"내 말은 네놈이 잘해야 된다는 뜻이다."

"예, 좌상 대감."

"그러면…. 골골…. 잘 부탁한다. 꼴통."

그 말을 마지막으로 허조가 누운 채로 방안의 사람들을 한번 둘러
보다가 조용히 눈을 감았다. 여전히 얼굴은 웃는 채로.

4-4

어느새 허조의 집 마당은 문상객들로 가득 찼다. 성달생 3대도 마당 한쪽에 상을 가운데 두고 앉았다. 그때 이선로가 다가왔다.

"숭정대부 어르신과 대호군 영감 오셨군요."

성삼문의 옆자리에 앉으며 이선로가 성달생과 성승에게 인사를 했다.

"이 박사! 문상은 했는가?"

성달생이 물었다.

"예, 어르신."

성달생이 이선로에게 술을 따랐다. 한쪽으로 고개를 돌려 잔을 비우고 나서 이선로가 성승을 은밀한 소리로 불렀다.

"대호군 영감!"

"왜 그러시는가?

"그날 이상한 점을 못 느끼셨습니까?"

"그날이라니?"

"진법훈련 하던 날 말입니다."

"그런데 뭐가 이상하다는 건가?"

"수양대군 나리께서 낙마하신 게 예사로운 일일까요?"

"글쎄…."

성승이 고개를 갸웃거렸다.

그날 세자 바로 뒤를 따라 수양대군이 말을 달리고 있었다. 그러던 중 갑자기 수양대군의 말이 앞발을 쳐들고 날뛰었고 수양대군이 말에서 튕겨져 다리 위로 떨어졌었다.

"그날 안평대군 나리 권유로 훈련을 참관했습지요."

"그런데?"

"지금까지 수양대군 나리께선 한 번도 말에서 떨어지신 적이 없습니다. 아니, 어떤 거친 말에서도 떨어지지 않는 걸 재주 부리듯 자랑하셨던 분입니다."

"무슨 말씀을 하시려는 건가?"

성승이 정색을 하며 주변을 둘러보았다. 이선로가 목소리를 낮추었다.

"소생 어려서 아비가 근무하는 내의원에 자주 출입하였습지요."

"그런데?"

"어제 내의원을 탐문한 바 누군가가 목천료라는 약초를 가져갔다 합니다. 목천료는 통풍에 효험이 있는 약초지만 말과 같은 동물의 성정을 돋우기도 하지요."

"그러니까…?"

"내의원 안에 있는 누군가가 수양대군 나리 쪽으로 빼돌린 것 같습니다."

"자네, 이 얘긴 다른 데선 절대 발설하지 말게."

묵묵히 두 사람의 얘기를 듣고만 있던 성달생이 무거운 표정으로 이선로에게 당부했다.

"그야 여부가 있겠습니까, 어르신."

5. 사가독서

5-1

강녕전의 밤이 깊었다.

"게 있느냐?"

세종이 보던 책을 덮다가 문득 생각난 듯 상선을 불렀다.

"찾아계시옵니까, 전하?"

상선이 들어와 허리를 굽혔다.

"집현전에서 올라온 게 있느냐?"

"학사들의 독서일지와 전하께옵서 내리신 시제로 지은 시들입니다."

세종은 평소 집현전 학사들에게 경전과 사서 등을 나누어주고 매일 각자가 읽은 내용을 기록했다가 월말에 보고하도록 했다. 또, 매월 10일에는 당상관이 시제(詩題)를 내어 집현전 학사들로 하여금 시를 짓게 하고 제일 좋은 시문을 골라 월말에 제출하도록 했다. 그로 인해 집현전 학사들은 책읽기 과제에다 시 짓기 과제까지 하느라 더욱 바빠졌지만 세종은 덕분에 이들의 학문과 문장 향상을 직접 확인할 수 있었다.

"가져오라."

"전하. 밤이 깊었사온데…."

상선이 임금을 위해 주저했다.

"가져오라!"

"예, 전하."

상선이 나갔다가 잠시 후 다시 두툼한 종이 뭉치를 들고 들어와 세종의 서안 위에 놓았다.

"꽤 많구나."

"지난 한 달 동안의 분량이옵니다."

"위지, 팽년이, 삼문이, 석형이, 숙주, 이개…. 다들 열심이구나."

세종이 독서일지를 한 장 한 장 넘겨가며 중얼거렸다. 그러다가 허리를 쭉 펴며 두 손으로 눈을 비볐다.

"전하, 어디가 편찮으시옵니까?"

상선이 걱정스레 물었다.

"자꾸만 눈이 침침해져서…."

"하오시면 그만 침수 드시옵소서."

"아니다. 이것들 마저 읽고…."

세종은 집현전 학자들이 제출한 시들을 앞에 놓고 또 한 장 한 장 넘겼다.

"이 녀석들은 대체 못하는 게 없구나. 시들 또한 일품이다."

세종이 입가에 흡족한 웃음을 지으며 자리에서 일어섰다.

"오늘 집현전엔 누가 있느냐?"

"신 박사가 숙직이옵니다."

"숙주는 어제와 그저께도 했다지 않았느냐?"

"책도 볼 겸 다른 사람 걸 대신하는 모양이옵니다."

"그렇게 매일 숙직을 하면 집에 가서 밤일은 언제 하누."

그 말에 상선이 민망해 하자 세종도 아차 싶었는지,

"아, 내가 괜한 소리를 했군."

멋쩍은 표정을 지었다.

"아, 아니옵니다. 전하!"

"가자."

"어느 마마께로 모실까요?"

"집현전으로."

"예?"

"겉옷 하나를 준비해서 따라오라."

"예, 전하."

상선이 서둘러 임금의 겉옷 하나를 챙기고 앞서 걸었다.

세종이 상선을 앞세우고 조용히 집현전 입직청으로 들어섰다. 신숙주는 책상에 책을 펼쳐놓은 채 엎드려 자고 있었다. 옆으로 드러난 얼굴엔 입가에서 흘러내린 침자국이 선연했다.

잠시 신숙주의 자는 모습을 지켜보던 세종이 상선에게 옷을 덮어주라고 손짓으로 지시했다. 상선이 조심스럽게 신숙주의 등에 임금의 겉옷을 덮었다.

5-2

이른 아침, 세종이 강보에 싸인 세손(世孫)을 안은 채 나인들을 거느리고 산책하고 있었다. 그때 하위지, 박팽년, 성삼문, 이개, 신숙주 등 집현전 학사들이 입궐을 하다가 세종의 행차를 보고 빠른 걸음으로 다가왔다.

"전하, 납시었사옵니까. 세손 아기씨도 납셨군요."

하위지가 앞으로 나서며 황급히 허리를 굽혔다.

"입궐들 하는 길인가?"

"예, 전하."

학사들이 동시에 허리를 굽히며 대답했다.

"허어, 조선의 내로라하는 인재들이 다 모였네.

세종이 흐뭇한 표정으로 학사들을 둘러보다가,

"위지는 그 화끈한 성격 여전한가?"

하위지를 향해 물었다.

"무슨 말씀이시온지?"

임금의 느닷없는 소리에 하위지는 몹시 당황한 얼굴이었다.

"자네는 임금의 잘못을 꾸짖는 글을 써서 장원급제를 했잖은가. 황희 대감과 얼마 전 세상을 뜬 허조 대감이 하도 우겨서 가납했지만 자네처럼 임금을 씹어 장원급제 한 사람이 동서고금에 또 있을까."

"저, 전하…."

하위지가 말을 더듬으며 어쩔 줄 몰라 했다.

성삼문도 함께 치른 3년 전 과거에서 하위지는 장원급제를 했다. 그런데 하위지의 장원급제는 조정을 발칵 뒤집어놓았다. 답으로 제출한 대책문(對策文)이 간쟁(諫爭)을 담당하는 대간(臺諫)들의 무능을 신랄하게 비판한 것이었는데 실제로는 임금의 잘못을 지적하고 있었던 것이다. 즉, 유교를 국시로 하는 나라에서 임금이 불탑을 수리한 것은 잘못인데 대간이 이를 지적하는 책임을 다하지 못했다는 얘기였다.

그럼에도 불구하고 영의정 황희와 당시 판예조사였던 허조가 하위지의 문장을 칭찬하면서 장원으로 뽑았다. 그러자 사헌부와 사간원 관리들이 하위지를 장원으로 뽑은 것은 결국 자신들의 잘못을 인정한 것이라며 일제히 사직을 상소하며 물어나기를 청했다. 하위지의 장원이 몰고 온 사헌부와 사간원의 집단 집무거부 사태였다.

이에 결국 임금이 수습에 나서야 했다. 세종은 시관의 문제와 하위지의 대책문을 들이라 해서 직접 읽어보고 말했다.

과거를 베풀어 대책을 시험하는 것은 바른 말을 구하고자 함인데 하위지의 책문은 바르게 기술하여 숨기지 않았으니 가히 취할 만하다. 또 그 논한 바는 간관의 과실을 일반적으로 논한 것이어서 특정적인 혐의를 삼을 수 없다. 그리고 흥천사(興天寺) 불탑은 조종(祖宗)이 창건하신 것으로 오래되어 수리한 것일 뿐 새롭게 역사(役事)를 일으킨 게 아니니 임금이 잘못한 것은 아니다.

세종은 이런 식으로 눙쳐서 사태를 무마했다. 그런데 세종의 이 사태 수습은 모두에게 승리를 안겨주었다. 임금의 잘못을 지적한 하위지에겐 기개를, 하위지를 장원으로 뽑은 황희와 허조에겐 소신을, 집무를 거부한 간관들에겐 명분을, 시관의 의견을 수용한 임금에겐 성군의 한 단면을 증명하게 했던 것이다.

"숙주는 집현전 한쪽에 신방 하나 차려줘야겠다. 따로 숙직할 필요 없게."

세종이 신숙주를 보며 장난스럽게 말을 건넸다.

"저, 전하!"

무슨 뜻인지 알아들은 신숙주가 민망하여 어쩔 줄 모르는데 학사들의 웃음이 터졌다.

"이개는 왜 아직 사고 소식이 없지?"

"사고요…?"

이번에는 불똥이 자신에게 튀자 이개는 영문을 몰라 어리둥절해했다.

"글 잘하는 조선 최고의 미남을 장안의 여인들이 가만둘 리 없을 텐데…."

그러자 학사들이 애써 소리를 죽이며 키득거렸다.

잠시 사이를 두고 학사들을 둘러보다 세종이 다시 입을 열었다.

"그대들을 보면 과인은 기가 막히다. 어떻게 이런 인재들이 한꺼번에 나타나 내 신하가 되었는지…. 고맙구나. 정녕 그대들은 이 나라의 미래이자 희망이로다."

"망극하옵니다. 전하!"

학사들이 일제히 허리를 숙였다. 그들을 바라보는 세종의 얼굴에 비감이 서렸다.

"언젠가 세자가 보위에 오르면 이 아이가 다시 세자가 되겠지. 그땐 그대들이 또 과인과 세자를 도우듯 이 아이를 가르치고 보살펴서 성군의 재목으로 만들어주게."

"명심, 또 명심하겠나이다."

학사들이 재차 허리를 굽혀 대답했다.

임금에게 예를 올리고 학사들이 물러났다. 멀어지는 학사들을 바라보다가 갑자기 세종이 다시 불러 세웠다.

"잠시 멈춰라!"

그리고는 한 손으로 가까이 오라는 손짓을 했다. 학사들이 허둥지둥 달려왔다.

"어인 일이시옵니까, 전하?"

박팽년이 일행을 대표하여 앞으로 나서며 물었다.

"이 아이를 봐라."

세종이 강보에 싸인 세손을 박팽년에게 보였다.

"예, 전하…."

"잘 생겼지?"

"예, 전하. 참으로 번듯하고 의젓하게 생기셨사옵니다."

박팽년이 세손을 들여다보며 대답했다.

"그렇지?"

세종이 히죽 웃었다.

5-3

눈 내리는 경복궁의 겨울 풍경이 아름답더니 계절은 임술년(1442년) 봄으로 바뀌고 다시 산천초목이 푸름으로 물들면서 어느새 여름이 성큼 다가왔다.

맑은 새소리 물소리가 어우러진 진관사 경내가 고요한데 절 한쪽에 나란히 붙은 방들마다 집현전 학사들이 한 명씩 들어앉아 책을 읽고 있었다. 이번 해 사가독서(賜暇讀書)가 진관사에서 실시되고 있는 것이다.

사가독서는 조정에서 유능한 문신에게 학문에 전념할 수 있는 여가를 주는 제도로서 세종이 재위 2년 되던 해에 집현전을 설치한 뒤 집현전 학사들 가운데 재행(才行)이 뛰어난 자를 선발하고 휴가를 주어 독서 및 연구에만 전념할 수 있게 하면서 그 경비 일체를 나라에서 부담하도록 했다.

임술년에 사가독서 수혜자로 선발된 사람은 하위지를 비롯해 성삼문, 박팽년, 신숙주, 이개, 이석형 등 여섯 명이었고 진관사에서 시행되었다. 이 여섯 명의 통솔은 하위지가 맡았다.

진관사에 들어온 이래 가장 모범적인 학사는 단연 신숙주였다. 신숙주는 한시도 쉴 틈 없이 책과 싸우듯 눈에 불을 켜고 독서 했고 다소 고지식한 박팽년은 늘 의복을 단정히 하고 바른 자세로 꼿꼿이 앉아 책을 읽었다. 용모가 수려한 이개는 책을 읽을 때도 맑은 표정에 편안하고 단아한 풍모를 잃지 않았고 이석형은 초시부터 복시까지 세 번이나 장원을 한 수재답게 여유만만하면서도 책읽기를 게을리 하지 않았다.

문제는 성삼문이었다. 성삼문은 자주 방을 지키지 않을 뿐더러 쓸데없는 짓을 수시로 하면서 독서 분위기를 깨트리기 일쑤였다. 그래서 사가독서 수행상태 보고 책임을 맡은 하위지로선 골머리를 앓지 않을 수 없었다.

이날도 하위지는 방을 돌며 학사들의 독서 수행 상태를 점검하고 있었다. 그런데 아니나 다를까 성삼문의 방이 비어 있었다.

"삼문이는 어딜 갔나?"

성삼문의 방이 빈 걸 확인하고 하위지가 옆방의 박팽년에게 물었다.

"글쎄요. 근처 어디 있겠지요."

"허어, 이 친구는…."

하위지가 혀를 차며 경내를 벗어나 개울이 있는 비탈을 걸어 내려갔다.

예상했던 대로 성삼문은 계곡 개울가에 있었다. 성삼문을 발견한 하위지가 개울가로 내려섰다. 바위에 걸터앉아 태평스럽게 개울물에 발을 담그고 있는 성삼문을 보자 하위지는 은근히 부아가 치밀었다.

"근보!"

"어, 형님."

"자넨 왜 여기 있나?"

"속세를 떠나 자연에 묻혔기로 어찌 방구석에만 처박혀 있겠습니까."

"그렇다고 주상 전하께서 독서하라고 주신 휴가를 이리 신선놀음만 할 텐가?"

"신선놀음이라뇨? 보시다시피 책을 읽고 있잖소."

성삼문이 바위 위에 놓인 책을 들어 보였다.

저 뻔뻔함이라니.

하위지는 할 말을 잃었다.

"그보다 형님. 기왕 말이 난 김에 진짜 신선놀음 한번 합시다."

"진짜 신선놀음?"

"자연을 벗 삼아 제대로 술 한잔 걸치자는 말입니다."

"술이라면 그저께 주상 전하께서 내려주셨잖은가?"

어디 술뿐이랴. 공부하는 데 몸 상하지 말라며 귀한 고기까지 내려주셨거늘.

"거참. 멋대가리 없는 사내들끼리 마시는 술이 무슨 소용이란 말이요."

"그럼 어쩌자는 거냐?"

"아리따운 기녀들이 따르는 술을 마셔야 진짜 마시는 거 아닙니까."

"그 무슨 망발을. 우리가 놀러온 거냐?"

그때 갑자기 성삼문의 얼굴에 화색이 돌았다.

"왜 그러느냐?"

그러나 성삼문은 대답 대신 하위지의 뒤쪽으로 눈을 고정시킨 채 중얼거렸다.

"어어라! 간절하면 이루어진다더니."

"무슨 일인가?"

하위지가 뒤돌아보았다.

"아니, 저분은?"

계곡 아래쪽에서 안평대군이 걸어 올라오고 있었다. 그 뒤로는 기생으로 보이는 여인 너덧과 짐을 멘 지게꾼 서넛이 따르고 있었다.

"대군 나리. 예까지 어인 일로…?"

하위지가 다가가 안평대군에게 예를 올렸다.

"삼복염천에 집현전의 재사들이 고생하고 있는데 내 어찌 무심할 수 있겠소."

"고생이라니요."

"저는 오실 줄 알았습니다."

성삼문이 능청을 떨었다.

"근보와는 이심전심이 통한 모양이네그려."

안평대군이 두 사람을 번갈아보며 호탕한 웃음을 터트렸다.

5-4

안평대군과 집현전 학사들이 계곡 물가에 모여 앉았다. 기녀들이 분주하게 움직이며 지게꾼들의 짐을 부려 술상을 차리고 수박을 자른 후 얼음을 깨 화채를 만들었다. 그 손놀림이 민첩하고 날렵했다.

"이 얼음은 자네들한테 간다고 말씀 올리니까 주상 전하께서 서빙고에 명해 특별히 챙겨 주신 거네."

"성은이 망극할 따름이옵니다."

안평대군의 말에 하위지가 학사들을 대표해서 고마움을 표시했다. 사실 아무리 신하들을 아낀다 해도 임금이 친히 얼음을 챙겨 보내는 게 예삿일은 아니었다. 여름이 되면 임금이 형인 양녕대군에게 얼음을 보내는 게 화제가 될 정도였던 만큼.

"애들아. 학사님들한테 한 잔씩 따르거라."

안평대군이 학사들 사이사이에 끼어 앉은 기녀들을 향해 명했다. 안평대군의 명에 따라 기녀들이 옆에 앉은 학사들에게 술을 따랐다.

신숙주가 표정의 변화 없이 묵묵히 잔을 받았다. 박팽년은 기녀가 따르는 술을 받는 게 영 어색한 듯했다. 이개는 불편한 기색이 역력했고 하위지는 아무렇지도 않은 얼굴이었다.

성삼문은 안평대군과 서로 잔을 채웠다.

"주상 전하와 세자 저하, 세손 아기씨의 강녕하심을 빌며, 그리고 이렇게 마음을 써주시는 안평대군 나리께도 고마움을 표하며…. 자, 듭시다."

하위지가 잔을 들어 건배를 제의했다. 모두들 일제히 잔을 들어 단숨에 비웠다.

기생들의 자기소개가 끝나자 성삼문이 기녀들에게 옆에 앉은 학사들을 차례대로 소개했다.

"네 옆에 앉은 분은 신숙주 어른이시다. 무슨 일이든 한 번 시작한 일은 끝을 보는 분이시다. 그러니 너도 오늘 밤 끝을 보게 될 것이다…. 그리고 네 옆 분은 박팽년 어른이시다. 모든 일에 모범적이시니 너 또한 오늘 밤 모범이 무엇인지 알게 될 것이다…. 그리고 네 옆의 분은 이개 어른이시다. 당대의 문장가에다가 보다시피 조선 제일의 미남이시다. 그러니 오늘 밤 이후로 너는 장안의 모든 여인들의 적이 될 것이다…. 그리고 네 옆 분은 하위지 어른이시다. 식년시에 우리 모두를 제치고 장원급제를 하셨으니 오늘 밤엔 너도 장원급제를 할 것이다."

성삼문이 학사들을 소개할 때마다 기녀들은 짐짓 수줍은 척하거나 키득거렸고 혹은 노골적으로 황홀한 표정을 짓거나 기대에 찬 기색을 숨기지 않았다. 그 사이 터진 웃음이 쉽게 끊이지 않았다.

"그럼 근보 자네는 오늘 밤 무엇을 할 텐가?"

한바탕 박장대소와 환호성의 물결이 휩쓸고 지나가자 안평대군이 물었다. 성삼문의 표정이 진지해졌다.

"저는 특별히 할 일이 있습니다."

"특별히 할 일이라니?"

"사가독서일지를 작성해 주상 전하께 올릴까 합니다. 오늘 일까지를 포함해서요. 위지 형님은 오늘 밤 장원을 하셔야 할 테니까 다른 틈이 있겠습니까."

또 다시 터진 웃음이 계곡을 흔들었다. 웃음이 멎기를 기다려 성삼문이 술자리 뒤쪽 큰 바위를 향해 외쳤다.

"나오너라!"

모두들 의아해하며 주위를 두리번거리는데 큰 바위 뒤에서 7, 8세쯤 되어 보이는 소년이 얼굴을 드러냈다.

"시습이 아니냐?"

"예, 나리."

시습이 멈칫거리는 걸음으로 성삼문 곁으로 다가왔다.

"여긴 웬일이냐?"

"나리처럼 풍류도 배우려고요."

"뭐라고?"

성삼문이 어처구니없다는 표정을 짓다가,

"인사 올리거라."

시습에게 안평대군과 학사들 한 사람 한 사람에게 인사를 시켰다. 그때마다 시습은 큰절을 올렸다. 안평대군과 학사들은 천진하면서도 영리해 보이는 소년을 흐뭇한 얼굴로 바라보았다. 그러나 왠지 신숙주만은 시습을 바라보는 시선이 그다지 따사롭지가 않았다.

"그러니까 내 숙부께서 가르치신다는 신동이 바로 이 아이였군."

이계전의 조카 이개가 성삼문의 얼굴을 쳐다보았다.

"그렇다네. 아무나 가르칠 수 있는 아이가 아닐세. 주상 전하께서도 탄복을 하셨다네."

성삼문이 고개를 끄덕이고는 시습을 보며 말했다.

"너는 오늘부터 안평대군 마마의 시, 서, 화의 경지를 배우고 하위지 학사님의 정의감과 신숙주 학사님의 끈기와 이개 학사님의 맑은 마음과 박팽년 학사님의 곧은 신념을 배워야 할 것이다."

"예, 나리. 명심하겠습니다."

시습이 또 엎드려 큰절을 하며 대답했다.

"귀성이는 어디 있느냐?"

성삼문이 두리번거리며 묻자,

"소인 여기 있습니다."

큰 바위 뒤에서 귀성이 날아드는 듯 뛰어와 무릎을 꿇고 허리를 숙였다.

5-5

집현전 학사들과 조금 떨어진 아래쪽 개울가에서 두 남자가 집현전 학사들을 올려다보며 안주도 없이 술잔을 기울이고 있었다. 한 남자는 권람으로 허우대는 멀쩡한데 조금 거칠어 보였고 다른 남자 한명회는 천박한 인상에 얼굴에 잔꾀가 흘러넘쳤다.

"가히 저들의 세상이군, 이 나라 조선이."

한명회가 개울 위쪽을 바라보며 투덜댔다.

"그러게 말일세. 자네 할아버님께서 명나라에 가서 조선이라는 국호를 받아오지 못했던들 어찌 오늘 이 나라 조선이 있겠는가."

권람이 맞장구쳤다. 한명회는 태조 때 예문관대제학을 지낸 개국공신 한상질의 손자였다.

"자네 할아버님이야말로 개국공신 아니셨는가. 조선이 개국하는 데 자네 할아버님만큼 공을 세우신 분이 과연 몇이나 될까."

권람 역시 찬성사를 지낸 개국공신 권근의 손자이자 우찬성을 지낸 권제의 아들이었다.

"아무튼 개국공신의 자식들은 이 모양 이 꼴인데 엉뚱한 자식들이 글줄이나 읽었다고 새파란 나이에 벼슬에 올라 희희낙락하는 꼴이라니."

권람이 땅바닥에 침을 탁, 뱉었다. 두 사람은 다 개국공신의 자식이었지만 머리가 모자라서인지 어려서부터 글을 공부했음에도 불구하고 지난 십여 년간 줄곧 과거에 낙방하고 전국을 떠도는 중이었다.

"두고 보면서 때를 기다리세. 세상을 다스릴 경륜이 책상머리에서 서책나부랭이나 본다고 얻어지는 것은 아닐 테니까. 언젠가 저치들을 발아래 꿇어 엎드리게 할 날이 올 걸세."

한명회가 분노를 삼키는 얼굴로 이죽거렸다. 그의 사팔뜨기 같은 두 눈이 묘한 빛을 뿜었다.

그때 소년 하나가 다가왔다. 소년의 손엔 술병과 보자기가 들려 있었다.

"무슨 일이냐?"

한명회가 소년에게 물었다.

"저기 나리들께서 술과 안주를 보내셨습니다. 한잔 드시라고."

"그래? 고마운 일이군."

술이 모자랐는지 권람이 술과 안주를 받았다.

"우릴 잔칫집 개로 본 거지."

한명회가 자조하듯 입을 삐쭉거렸다.

6. 훈민정음

6-1

계해년(1443년) 들어 일본에 통신사를 보내는 문제가 조정에서 논의되었다. 조선통신사는 세종 즉위년 무렵에 있었던 대마도 정벌의 후속 조치의 성격이 짙었다.

대마도 정벌은 고려조 말부터 극성을 부렸던 왜구가 조선 조정이 들어선 후로도 계속 연안을 침범하여 노략질을 일삼자 상왕이던 태종이 대노하여 장군 이덕무로 하여금 왜구의 소굴인 대마도를 무력으로 정벌하고 대마도주의 항복을 받아낸 사건이었다.

이덕무의 대마도 정벌로 대마도주는 조선을 신하의 예로 섬기고 조공을 바치며, 대마도를 경상도 일부로 복속하기를 청했다. 이후 조선 연안에 대규모로 왜구가 출몰하는 일은 사라졌고 이를 계기로 조선 조정은 왜인에 대해 때로는 회유하고 때로는 응징하면서 관계를 유지해왔다.

그렇게 세종 치세가 이십수 년 안정적으로 흐르고 북변의 국경이 압록강과 두만강으로 공고해지면서 조선 조정은 일본과의 교린(交隣) 관계를 보다 확실하게 정립할 필요성을 느끼던 차 선진문물의 유입을 갈망하는 일본의 요청이 있어 마침내 통신사를 보낼 생각을 하게 되었던 것이다.

통신사의 일본 파견은 조정 내의 젊은 관원들 사이에서 특히 관심사로 떠올랐다. 그래서 궐 전각마다 젊은 관원들이 모여 숙덕거리는 게 쉽게 목격되었다.

"소식 들었나?"

"무슨 소식?"

"일본으로 통신사를 보낸다는 얘기."

"그래?"

"지난번 대마도 정벌로 혼난 일본을 달랠 겸 보내는 거라네."

"그래, 누가 간대?"

"변효문 대감과 윤인보 대감이 정사와 부사로 간다고 해."

"서장관은?"

"그건 아직 정해지지 않은 모양이야."

"누가 갈까? 공을 세울 수 있는 절호의 기회인데."

"집현전 쪽에서 누군가가 가겠지. 주상 전하께선 워낙 집현전 사람들을 챙기시니까."

"집현전에서라면…. 누굴까?"

"일단 상대국 언어에 조예가 깊고 문장이 뛰어나야겠지."

"그렇다면 성삼문 아니면 신숙주네."

"거기에 체력도 강해야 할 거야. 정사와 부사를 보필하면서 대규모 인원을 통솔해야 하니까."

"그럼 성삼문이 딱이겠군. 건장하고 무술 솜씨도 보통이 넘잖아."

"어차피 신숙주는 어려울 것 같아. 요즘 몸이 안 좋다고 해."

"하긴 그동안 너무 무리하게 공부했지. 그러니 병이 날 만도 할 거야."

"결국 신숙주는 공부가 지나쳐 출세의 기회를 놓친 거네."

6-2

지중추원사 정인지도 그런 궐내의 분위기를 모르지 않았다. 그렇지만 첨사원에서 자신을 부르는 의도는 읽고 있었다. 첨사원은 세자가 집무를 보는 곳이었다. 세자가 자신을 부른다면 그것은 어쨌거나 통신사 서장관 문제를 조율하기 위해서일 터였다.

첨사원엔 세자 외에 영의정 황희가 함께 자리하고 있었다. 정인지는 기왕 세자가 부른 만큼 신숙주로 밀어붙이기로 마음을 다잡았다.

"신숙주의 병은 이미 다 나았습니다."

"그게 정말이오?"

영의정 황희가 물었다. 영의정도 신숙주의 와병설을 들은 모양이었다.

"큰 병도 아니고 고작 몸살로 며칠 자리보전을 했을 뿐입니다."

정인지가 태연하게 대답했다.

"다행이오."

"그런 만큼 이번 통신사 서장관은 신숙주로 하는 게 어떠실는지요?"

정인지가 세자와 영의정의 눈치를 살피며 조심스럽게 의견을 피력했다.

"그럼 성삼문은 어떡하고요?"

영의정도 성삼문을 의중에 두고 있었던 듯했다. 어쩜 의정부에서 3정승이 그렇게 의견을 모았는지도 몰랐다.

"성삼문도 훌륭하지만 일을 해 내는 성실함과 끈기는 신숙주를 따를 자가 없습니다."

그러자 영의정이 난처한 듯 세자 쪽으로 고개를 돌렸다.

"저하의 생각은 어떠신지요?"

두 사람의 대화를 듣고만 있던 세자가 잠시 생각하는 듯하다가 입을 열었다.

"중추원사의 말씀대로 신숙주를 서장관에 임명토록 하지요."

정인지는 속으로 안도의 한숨을 내쉬며 흡족한 심정을 애써 감췄다.

첨사원을 나온 정인지는 그 길로 곧장 신숙주의 집으로 향했다.

"스승님!"

방으로 들어서는 정인지를 보자 자리에 누워 있던 신숙주가 벌떡 일어났다.

"그래, 몸은 좀 어떤가?"

"며칠 쉬다 보니 많이 나은 듯합니다."

황급히 상석을 내어주며 신숙주가 대답했다.

"그래, 다행이네."

"그런데 무슨 일이 있으신지…?"

"오늘 자네를 일본 가는 통신사 서장관으로 추천했네."

"저를요? 삼문이가 갈 걸로 알고 있었는데…."

"암말 말고 갔다 오게. 주상 전하의 신임을 얻을 다시없는 기회네."

"그렇지만 아직 몸이…."

"주상 전하껜 다 나았다고 하게."

정인지가 단호한 표정으로 다짐을 주었다.

"예…."

조선통신사 정사 변효문과 부사 윤인보와 함께 신숙주가 사정전에 들러 임금을 알현했다.

"그동안 병을 앓아 수척한데 먼 뱃길이 힘들지 않겠느냐?"

세종이 걱정스런 표정으로 신숙주의 얼굴을 살피며 물었다.

"신의 병은 이미 다 나았나이다. 종사를 위한 일에 어찌 병을 핑계 삼아 사양하겠사옵니까."

신숙주가 엎드려 고개 숙여 대답했다.

"그래, 네 임무가 막중하다. 부디 무사히 잘 다녀오너라."

세종은 정사와 부사를 제쳐두고 병석에서 일어나자마자 먼 길을 떠나는 서장관을 주로 격려했다.

"신 분골쇄신하여 주상 전하의 분부를 받들겠나이다."

정사, 부사와 함께 신숙주는 다시 임금에게 절을 올렸다.

그들이 사정전을 나와 근정전 뜰에 이르자 50명이 넘는 통신사 행렬이 장관을 이루는 가운데 문무백관이 모두 나와 배웅을 하기 위해 대기하고 있었다.

"범옹. 항상 몸조심하고 잘 다녀오시게."

성삼문이 다가와 신숙주의 두 손을 맞잡았다. 그 뒤로 하위지와 이개, 박팽년 등 집현전 동료들의 모습도 눈에 띄었다.

통신사 행렬이 일본으로 가기 위해선 충주와 안동, 경주 등을 거쳐 동래부에 이르는 데만 해도 두 달이 소요되었다. 그리고 그 뒤로는 험한 뱃길이 기다리고 있었다.

"걱정 마시게, 근보. 임무를 수행하고 무사히 돌아오겠네."

결의에 찬 신숙주의 대답에서 긍지와 자부심이 묻어났다. 신숙주는 보무당당한 모습이었다.

"아무렴, 그래야지."

성삼문이 신숙주의 손등을 가볍게 두드렸다.

취타대의 장엄하고도 흥겨운 연주가 고조되면서 마침내 통신사 행렬이 출발했다. 그 행렬의 끝이 광화문을 통과해 사라질 때까지 묵묵히 지켜보다가 성삼문이 돌아섰다. 돌아서는 성삼문의 표정은 밝지 못했다.

6-4

늦은 시각. 성삼문은 옷을 반쯤 풀어 제친 채 편안한 자세로 책을 보고 있었다. 집현전 입직청에서 숙직을 하고 있는 중이었다. 그때 밖에서 누군가 부르는 소리가 들렸다. 낮지만 익숙한 소리였다.

후다닥 자리에서 일어서며 성삼문이 밖으로 나갔다. 밖에는 내관을 거느린 세자가 와 있었다.

"저하!"

민망한 마음에 흐트러진 의복을 재빨리 여미며 성삼문이 세자를 안으로 인도했다.

"아, 이곳에서 너희들과 함께 공부한 게 엊그제 같구나."

세자가 감회에 젖은 듯한 얼굴로 집현전 내부를 둘러보았다.

"저하! 이 야심한 시각에 어쩐 일로…?"

"잠이 오지 않아 왔다. 마침 네가 숙직이라기에 술도 한잔할 겸…."

"황공하옵니다."

"자, 한잔하자."

내관이 탁자 위에 술잔을 내려놓자 술병을 받아든 세자가 성삼문의 잔을 채우고 자신의 잔도 직접 채웠다. 두 사람은 단번에 잔을 비웠다.

"달도 밝은데 오랜만에 한 수 겨뤄볼까?"

잔을 내려놓으며 세자가 성삼문을 도발했다.

"그거라면 좋지요."

성삼문도 웃으며 응수했다.

두 사람은 곧바로 밖으로 나와 내관이 가져온 목검을 들고 마주보고 섰다.

"사정을 두지 마라."

세자가 성삼문에게 다짐을 주었다.

"예. 그리 하겠사옵니다."

성삼문이 목검 자루를 가볍게 움켜쥐고 대답했다. 그리고 두 사람은 기합소리와 함께 목검을 치켜들고 앞으로 달려 나갔다. 이어 두 사람의 목검이 거칠게 허공을 가르고 날카롭게 상대를 찔렀다. 검술에 일가견이 있는 성삼문의 동작은 아름답고 예리했지만 세자의 동작 또한 그에 못지않았다. 세자는 공격적이었고, 그 공격을 품으면서 성삼문은 유연하게 대응했다.

잠시 후 두 사람은 나란히 돌계단에 앉았다.

"어떠냐? 좀 나아진 것 같으냐?"

가쁜 숨을 몰아쉬며 세자가 물었다.

"많이 발전하셨사옵니다."

"네가 잘 가르친 덕이다."

"세자 저하!"

"응."

"건강하셔야 합니다. 세손 아기씨를 위해서라도."

"그래. 그래서 이렇게 널 붙잡고 단련하고 있잖느냐."

세자가 웃으며 성삼문의 어깨를 툭 쳤다. 그리고 자리에서 일어섰다.

"자, 가자."

"예? 어디로요?"

성삼문이 따라 일어서며 물었다.

"승화당(承華堂)으로 가서 한잔 더 하자."

"괘, 괜찮사옵니다."

"아니다. 할 얘기가 있다. 따라 나서라."

"예…."

갑자기 세자가 성삼문의 어깨에 팔을 걸쳤다.

"저, 저하. 이러시면…."

"안평은 내가 가장 사랑하는 아우다. 그러니까 안평의 절친인 너도 내 아우나 다름없다. 자, 가자!"

성삼문이 세자의 팔에서 빠져나오려고 했지만 그럴수록 세자가 성삼문의 어깨를 더욱 힘주어 끌어안았다. 그런 채로 두 사람은 첨사원 쪽으로 걸어 나갔다.

두 사람은 곧 첨사원 승화당으로 들어섰다. 서가에 빼곡히 들어찬 책들이 학구적인 세자의 일면을 엿보게 했다. 책상 위의 신기전 모형이 삼문의 눈길을 끌었다.

"신기전은 언제쯤 완성되는지요?"

"아직 조금 더 연구를 해야 할 것 같다. 다른 일이 있어서…."

신기전은 고려조 말엽 최무선에 의해 제조된 '달리는 불'이라는 뜻의 주화(走火)를 응용하여 다량으로 불화살을 발사하는 무기로 세자가 몇 년 전부터 개발에 몰두하고 있었다.

"잠시만 기다리거라."

그러면서 세자가 방 안쪽 밀실로 들어가 바둑판만한 상자를 들고 나왔다.

"삼문아."

성삼문의 맞은편에 앉으며 세자가 불렀다.

"예, 저하."

"통신사 서장관에 뽑히지 못해 서운했느냐?"

"아, 아니옵니다!"

성삼문이 세차게 고개를 저었다. 예상치 않은 세자의 물음에 몹시 당황스러웠다.

"중요한 일이 있어 너를 보내지 않았다. 이걸 보거라."

세자가 상자를 열자 안에는 일정한 크기의 나무 조각들이 가득 들어 있었다.

"이게 무엇이옵니까?

"잘 보거라."

세자가 나무 조각들을 상자에서 꺼내 책상 위에 두 줄로 가지런히 배열해 놓았다. 나무 조각 윗면엔 각각 다른 모양의 기호들이 새겨져 있었다.

"윗줄의 'ㄱ'에서 'ㅎ'까지 17개를 자음이라고 하고 아랫줄의 'ㅏ'부터 'ㆍ'까지 11개를 모음이라고 한다. 자음은 우리 몸의 소리 나는 부분을, 모음은 하늘과 땅과 사람을 본떠 만들었으며 이 28개의 글자는 제각기 하나의 소리를 가지고 있다. 그리고 이 자음과 모음을 결합하면 새로운 소리가 된다."

세자의 설명을 들으며 성삼문이 주의 깊게 나무 조각들을 들여다보았다. 그러다가 갑자기 고개를 쳐들며 의혹과 경의가 뒤섞인 눈으로 세자를 바라보았다.

"저하!"

"그래. 왜 그러느냐?"

"이걸 누가 만들었습니까?"

"주상 전하께서 만드셨다."

"그럼 경연을 폐하신 것도…?"

"마지막 완성 단계에서 집중하시기 위함이었다."

성삼문이 갑자기 자리에서 일어나 한쪽으로 가서 강녕전 방향을 향해 큰절을 올렸다. 그리고 그 자리에서 한참 동안 움직이질 않았다. 세자가 다가가자 성삼문이 어깨를 들썩이고 있었다. 세자가 성삼문을 일으켜 세웠다. 다시 두 사람은 자리에 앉았다.

"제가 이 글자들을 한 번 만져 봐도 되겠사옵니까."

"그리 하거라."

성삼문이 'ㅈ'과 'ㅗ'와 'ㅅ'과 'ㅓ'와 'ㄴ'을 빼내 일렬로 정리했다. 순간 세자의 두 눈이 경악하듯 성삼문의 시선과 얽혔다.

"신은 이를 조선이라고 읽겠사옵니다."

"그, 그렇다!"

세자는 말문이 막히는 듯했다.

"저하. 이것은 백성을 위한 글자이옵니다."

성삼문이 울먹이는 목소리로 말했다. 세자는 또 한 번 놀라지 않을 수 없었다.

"그래서 글자 이름을 훈민정음이라고 지었다."

성삼문이 벌떡 일어나 세자에게 큰절을 했다. 세자가 난감해 하며 성삼문을 일으켜 자리에 앉혔다.

"중국에는 중국말과 더불어 중국글자, 즉 한자가 있다. 그런데 우리나라는 말만 있을 뿐 글자가 없다. 그래서 신라시대에는 설총이란 사람이 한자의 음과 훈을 빌어 이두라는 글자를 만들어 우리말을 적었다."

"이젠 이 글자로 중국말과 일본말뿐만 아니라 저 멀리 아라비아 상인들의 말도 적을 수 있을 것이옵니다."

"그렇다. 조선 최고 천재인 너야 단번에 이치를 깨쳤지만 무지한 백성도 하루면 충분히 익힐 수 있을 것이다."

"어떻게 이런 글자를 만드시게 되었는지…?"

"주상 전하께선 백성들과 소통하고자 하신다. 백성들의 생각을 듣고 당신의 생각을 전하고 싶어 하시는 거다. 그러나 한자는 너무 어렵고 시간이 많이 걸려 백성들이 배우기 힘들다. 그래서 백성들이 익히기 쉬운 글자를 만드신 거다."

"저하…!"

"조선이 건국한 지 이제 겨우 50년. 주상 전하께선 이 글자를 통해 백성들로 하여금 충과 효를 알게 하고 농사짓는 법과 고기 잡는 법을 알게 하며 나라의 기틀을 튼튼히 하고자 하신다. 그리고 글을 몰라 양반들한테 억울한 일을 당하지 않게 하여 모두가 행복하게 살며 천년을 이어갈 나라를 꿈꾸시는 거다."

"저하! 주상 전하와 세자 저하를 모시는 신하라는 사실이 너무 감격스럽사옵니다."

마침내 성삼문이 격하게 어깨를 들썩이며 흐느끼기 시작했다.

세자가 자리에서 일어나 성삼문에게 다가가 어깨를 다독거렸다. 그러자 성삼문이 세자의 품에 얼굴을 묻고 징징 울어댔다.

"그만, 그만. 야, 징그럽다! 얼른 뚝!"

성삼문이 울음을 멈추자 세자가 다시 자리로 돌아왔다.

"그런데 문제가 있다."

세자가 심각한 표정을 지었다.

"무슨 문제이옵니까?"

"중국놈들이 지랄 안 할지 모르겠다. 한자 놔두고 따로 조선글을 만들어 쓴다고. 무슨 좋은 수가 없겠느냐?"

세자의 말에 성삼문이 잠시 생각에 잠기는 듯하다가 묘안이 떠올랐는지 갑자기 밝은 얼굴이 되었다.

"저하. 방법이 있사옵니다."

6-5

조선통신사 일행을 태운 다섯 채의 배가 거친 파도를 가르며 귀국

길에 오르고 있었다. 맨 앞배의 갑판에 서서 신숙주는 멀어지는 대마도를 만감이 교차하는 심정으로 바라보았다. 그렇지만 그의 얼굴에는 대사를 치른 사람의 우월감이 더 짙게 배어 있었다.

사실 통신사에는 정사와 부사가 있지만 실질적으로 그것을 지휘하고 통솔하는 사람은 서장관이었다. 그 점을 그는 처음부터 있었고 그래서 막상 서장관에 낙점되자 설렘과 동시에 부담감 역시 컸었다.

한양을 떠난 통신사 일행은 동래에 도착한 후 길일을 택해 해신제를 지내고 대마도주가 보낸 영접사의 안내를 받으며 대마도로 향했다. 대마도에서 최종 목적지인 경도(京都)까지는 대마도주가 직접 인도했다. 경도에 이르는 동안 수많은 일본 백성들이 연도에 나와 구경을 했고 통신사 일행이 머무는 사관(使館)으로 벌떼처럼 몰려들었다.

신숙주가 더욱 놀랐던 건 자신의 이름이 조선의 대학자로 일본 전역에 이미 널리 알려져 있었다는 사실이었다. 사관을 찾은 사람들은 너나 할 것 없이 붓과 종이를 가지고 와서 그에게 시를 적어주기를 청했고 그의 시를 받아든 사람들은 탄복과 함께 기쁨을 감추지 못했다.

일본은 국왕이던 의성(義成)이 병사하고 왕위를 이은 그의 아우 의정(義政)이 유약하여 신하들의 권세가 막강해 보였다. 그런 중에도 일본 조정의 역학관계를 감안하면서 정사와 부사를 도와 나름대로 서장관으로서의 역량을 발휘하며 통신사의 임무를 잘 수행한 것은 다행한 일이었다. 특히 돌아오는 길에 다시 대마도에 들러 세견선의 수를 결정하는 등 통상에 관한 조약을 성사시킨 것도 이번 방일(訪日)

의 작지 않은 성과라 할 수 있었다. 아무튼 통신사 서장관으로 발탁되지 않았더라면 해보지 못했을 귀한 경험이었다.

배가 조선 수역에 이르렀을 때였다. 갑자기 날씨가 흐려지고 바람이 거세지더니 집채만한 파도가 뱃머리를 덮치기 시작했다. 뱃사람들의 움직임이 분주해지면서 정사와 부사도 불안감을 감추지 못하는 모습이었다. 그러나 그는 미동도 하지 않고 의연히 바다를 바라보고 있었다. 그런 그가 어이없다는 듯 뱃사람 하나가 다가오며 말했다.

"나리께선 어찌 그렇게 태연자약하십니까요. 평생 바다에서 산 저희들도 정신이 다 없는데…. 저 괴물 같은 파도가 무섭지도 않으십니까요?"

"장부는 자고로 세상을 두루 보아야 하거늘 내 이제 일본국을 보았는데 혹 다시 이 바람 때문에 중국에 닿아 그곳의 성대한 문물을 실컷 보게 된다면 그 역시 상쾌한 일 아니겠는가."

"나리…!"

신숙주의 기개와 배포에 뱃사람이 고개를 절레절레 흔들었다.

그러나 시간이 지남에 따라 바람은 더욱 거세지고 산처럼 높은 파도가 배를 집어삼킬 듯이 달려들었다. 뱃사람들이 동요하기 시작했다.

그때 또 다른 뱃사람이 여자 하나를 끌고 앞으로 나섰다. 그리고는 여자를 갑판 위에 패대기쳤다.

"보시오! 왜구에게 잡혀갔다가 임신한 여자가 이 배에 타고 있소!"

그러자 뒤에 있던 뱃사람들이 일제히 동조하며 소리쳤다.

"그래서 태풍이 부는군, 그래. 바다를 항해할 땐 임신한 여자를 태우지 않는 법이거든."

"빨리 저 여자를 바다에 던집시다!"

뱃사람들의 기세로 보아 여자가 생목숨을 내 놓아야 할 판이었다. 보다 못한 신숙주가 뱃사람들에게 다가서며 큰 소리로 꾸짖었다.

"어찌 그런 험악한 소리들을 하는가. 대체 남을 죽여 자기가 살고자 하는 것이 차마 사람이 할 도리던가. 당장 그만 두라!"

노기를 띤 신숙주의 일갈에 뱃사람들이 주춤했다. 그리고 어정쩡하게 서로의 눈치만 살피는데 그 사이 거짓말처럼 바람이 잦아들고 파도가 가라앉았다.

"태풍이 멎었다!

뱃사람들 중 하나가 소리쳤다. 다른 사람들도 어안이 벙벙한 얼굴로 신숙주와 하늘을 번갈아 쳐다보았다.

6-6

2월에 도성을 떠난 신숙주는 10월에 제물포항을 통해 입경했다. 여덟 달만에 궐에 돌아온 신숙주는 전에 없이 늠름해 보였고 그의 위상도 견고하게 느껴졌다. 통신사 일행의 보고를 받는 자리에서 세종은 그들의 노고를 치하하고 도승지에게 사절단의 품계를 높이는 교지를 작성하라는 명을 내렸다.

12월에 세종은 그동안 비밀에 부쳤던 훈민정음 창제 사실을 공표했다. 그리고 일부 신하들의 반대에도 불구하고 훈민정음 반포 계획을 밀어붙였다. 반대하는 신하들에 대한 설득은 세자가 맡았다.

"중국의 문물을 받아들이려면 한자가 필요하오. 하지만 그것은 양반들의 몫이오. 그러니 공들은 이 훈민정음을 시험하고 면밀히 검토해서 백성들이 사용하는 데 불편함이 없도록 해주시오."

세자가 정인지, 최항, 박팽년, 신숙주, 성삼문, 이선로, 이개, 강희안 등 집현전 학사들을 첨사원에 불러 놓고 훈민정음 창제 배경에 대한 설명을 했다. 정인지가 우려하는 발언을 했다.

"중국에서 이 사실을 알면 어떻게 나올까요?"

"중국엔 한자음을 통일하기 위한 글자라고 하면 될 것이오. 중국은 자기들끼리도 지역에 따라 한자음을 달리 발음하고 있지 않소. 마침 요동에 한림학사 황찬이 유배를 와 있으니 성삼문, 신숙주 두 수찬을 보내어 음운에 대한 조언을 구하는 모습도 보일까 하오."

세자가 슬쩍 성삼문을 한번 쳐다보며 의미심장한 눈길을 보내곤 대답했다.

"참으로 현명한 처사로 여겨집니다. 저하!"

이선로가 대놓고 선수를 치듯 세자를 거들었다.

세자의 명에 따라 성삼문과 신숙주가 요동을 다녀왔다. 황찬을 만나는 건 다분히 요식행위였다. 조선의 언어를 기록하는 문자를 만드는 데 중국 음운은 필요 없었고 중국 한자음을 기록하기 위해서라고 해도 필요한 건 조선 음운이지 중국 음운이 아니었던 것이다.

요동에서 황찬을 만나고 돌아오는 길이었다. 성삼문과 신숙주가 여사(旅舍)에 여장을 풀고 술잔을 나누고 있는데 열린 문 밖 마당에선 농부로 보이는 사람들과 장사치로 보이는 사람들이 뒤섞여 식사를 하는가 하면 술판을 벌이고 있었다. 그 모습이 활기차 보였다.

"내 아직 오래 살지 않았지만 이런 태평성대가 또 있었을까."

턱수염이 무성한 농부 하나가 말했다.

"다 임금 잘 만난 덕분일세. 어느 시대에 지금 주상 전하와 같은 임금이 있었겠나."

맞은편에 앉은 눈이 작은 농부가 맞받았다. 그러자 그 옆에 앉은 눈이 큰 농부가 가세했다.

"옳은 말일세. 참으로 주상 전하와 같은 성군의 치세에 백성으로 태어났다는 게 행복하다는 생각이 드네그려."

세 사람의 대화에 장사치가 은근슬쩍 끼어들었다.

"내 오다가다 들은 얘기에 의하면 주상 전하께서 양반들이 읽는 한문과 다른, 우리 같은 사람들이 읽을 수 있는 글자를 만드신다 하오."

"그게 참말이오?"

턱수염이 깜짝 놀라는 얼굴로 물었다.

"나도 들었네. 몇 달 전 한양 갔을 때 한 양반댁 하인도 그 비슷한 얘길 했다네."

또 다른 장사치가 확인시켜 주었다.

"세상에! 주상 전하께선 어떻게 그런 생각까지 하셨을까."

작은눈이 놀랍다는 표정으로 두 눈을 치켜떴다.

"옛말에 없는 데선 나라님도 욕한다던데 우리 주상 전하껜 욕은커녕 고마운 마음밖에 안 드니 과연 우린 복 받은 백성일세."

왕눈이 선해 보이는 눈망울을 끔벅이며 고개를 끄덕거렸다.

그들을 바라보는 성삼문의 입가에 흐뭇한 미소가 떠올랐다. 그때 신숙주가 불렀다.

"근보!"

성삼문이 고개를 돌렸다.

"왜 그러시는가?"

"혹시 자넨 세자 저하께서 우리를 모아 놓고 말씀하시기 전에 훈민 정음에 대해 미리 알고 있었는가?"

"그, 그게…."

신숙주의 갑작스런 물음에 당황하여 성삼문이 미처 대답을 하지 못하는데

"…알고 있었군."

신숙주가 복잡한 표정을 지었다.

7. 성달생 사망

7-1

귀성이 성달생을 찾았다.

"그래, 성수찬이 아니라 나를 찾은 연유가 무엇인고?"

성달생이 귀성을 방으로 들인 후 그윽한 눈으로 바라보며 물었다.

"예, 어르신. 소인 4년 전 수찬 나리로부터 『조선무예도감』이란 귀한 책을 얻은바 있사옵니다."

귀성이 꿇어앉아 대답했다. 성달생이 놀란 얼굴을 했다.

"『조선무예도감』이라면…?"

"예, 바로 어르신께서 쓰신 것이라 들었사옵니다."

"그런데?"

"그동안 그 책을 보며 홀로 무예를 익혔사옵니다."

"그랬느냐. 헌데?"

"소인이 아둔하여 홀로 익힌 무예가 제대로 된 건지 알 수 없어 무례를 무릅쓰고 어르신을 찾아뵈었사옵니다."

"그러니까 네 무예를 봐 달라는 말이로구나?"

"그렇사옵니다. 어르신."

귀성이 또 허리를 굽혀 머리를 숙였다.

"혹시 글을 읽을 줄 아느냐?"

"시습에게 배워 웬만큼은 읽사옵니다."

"시습이라면 주상 전하께옵서 칭찬하신 신동 아니더냐?"

"그러하옵니다."

"그럼 글씨도 쓸 줄 알겠구나?"

"읽을 수 있는 글자는 모두 쓸 수 있사옵니다."

"한 번 써 보겠느냐?"

그러면서 성달생이 귀성 앞에 벼루와 먹과 붓을 내밀었다.

귀성이 벼루에 먹을 간 후 붓을 잡고 앞에 놓인 종이 위에 빠른 속도로 글씨를 써나갔다.

"천하제일검(天下第一劍)이라…."

귀성이 쓴 글씨를 유심히 들여다보며 성달생이 혼잣말처럼 중얼거렸다. 그리고는 한참 동안 글씨에서 눈을 떼지 않았다.

"혹시 글씨에 무엇이 잘못 되었사옵니까?"

성달생이 한동안 말이 없자 귀성이 불안한 표정으로 물었다.

"아니다."

성달생이 고개를 가로저었다. 그리고는 물었다.

"무예를 익히려는 목적이 무엇인고?"

"시습을 지키기 위해서이옵니다."

"그게 다더냐?"

"그러하옵니다. 장차 나라를 위해 큰일을 할 시습을 지키는 것은 곧 주상 전하께 충성하는 일이 아니겠사옵니까."

귀성의 거침없는 대답에 성달생이 입가에 살짝 미소를 띠며 고개를 끄덕였다.

"그런데 소인에게 글씨를 써 보라 하신 연유가 있사옵니까?"

"그래. 네게 글씨를 써 보라고 한 것은 네 무예 실력을 살피기 위해서였다."

"예?"

귀성이 눈을 크게 뜨며 어리둥절한 표정을 지었다.

"글씨를 보면 그 사람의 전부를 알 수 있다. 네 글씨를 보건대 굳이 네 무예를 확인할 필요가 없을 것 같구나."

"무슨 말씀이시온지…?"

"너는 동작이 부드러우면서도 예리하고 무예의 기본을 바탕으로 네

나름의 응용까지 하고 있다. 그러니 내가 보지 않아도 된다는 뜻이다."

"하지만…."

"혹시 누구한테 글씨를 배운 적이 있느냐?"

"배운 적은 없지만 수찬 어르신의 글씨를 보며 연습을 했사옵니다."

"뭐라고? 삼문의 글씨를 따라했다고? 어쩐지…."

성달생이 너털웃음을 터트렸다. 그러면서 자리에서 일어섰다.

"그래, 기왕 왔으니 한번 보자꾸나."

성달생을 따라 귀성도 일어섰다. 성달생이 귀성을 데리고 간 곳은 뒤뜰이었다.

무예를 연습하는 곳인 듯 뒤뜰은 꽤 넓었다. 그리고 뒤뜰 한 쪽엔 허수아비가 서 있고 끝에는 사대가 세워져 있었다. 성달생이 담벼락에 붙은 헛간에서 봉(棒) 하나를 꺼내어 귀성에게 건넸다. 봉을 받아든 귀성이 허수아비를 상대로 그동안 닦은 봉술을 선보였다. 그리고 다시 목검을 받아들고 검술을 펼쳤다.

"할아버님! 소손 퇴궐했사옵니다."

귀성이 동작을 멈출 즈음 언제 왔는지 성삼문이 성달생에게 인사를 올렸다.

"그래. 어서 오너라."

"어떻습니까, 할아버님?"

이미 시습의 무예를 지켜본 듯 성삼문이 물었다.

"내가 보기엔 훌륭하다만 네 보기엔 어떠냐?"

8. 몽유도원도

8-1

정묘년(1447년) 정월.

이해 겨울은 몹시 추웠다. 며칠째 내린 눈으로 한양은 온통 얼어붙었고 삭풍이 몰아쳐 거리엔 인적이 드물었다.

안평대군은 외출했다가 저녁이 되어서야 이선로와 함께 비해당으로 돌아왔다. 비해당은 인왕산 기슭에 있는 안평대군의 사저였다.

"전하, 신 안평 들었사옵니다."

대청으로 올라선 안평대군이 방을 향해 귀가를 아뢰었다.

"들어오라."

안에서 소리가 들렸다.

안평대군은 이선로와 함께 방 안으로 들어가 보료에 앉아 있는 세종 앞에 꿇어앉았다. 쉰을 넘긴 세종은 늙고 기력이 쇠한 듯한 모습이었다.

"선로도 왔구나."

세종이 안평대군 뒤에 앉은 이선로를 보며 반가운 표정을 지었다.

"예, 전하."

이선로가 엎드려 절하며 대답했다.

"전하, 오늘 하루 평안하셨습니까."

안평대군이 문안인사를 올렸다.

"그래, 그렇잖아도 너를 기다렸다."

"특별히 하실 말씀이라도⋯."

안평대군이 살짝 긴장했다.

"지난 2년 동안 좋지 않은 일이 많이 있었다. 네 아우 광평과 평원이 연이어 죽고 1년 후 네 어미 소현왕후도 세상을 떴다. 그 직후 나는 궐을 나와 형님과 누님 집들을 돌아가며 머물다가 네 집으로 온 게 한 달 전이다."

좋지 않은 일은 그때가 처음이 아니었다. 안평대군의 아우인 광평대군과 평원대군의 죽음 이전에도 세종의 후궁 차씨가 강녕전 부속 침실인 연생전에서 벼락을 맞아 죽었고 이어 왕비의 모친인 안씨와 왕세자의 후궁인 홍씨가 낳은 딸이 죽었다.

그처럼 잇단 일신상의 불행에 압도된 세종은 평원대군이 사망한 후부터 액운을 피하고자 하는 마음으로 이선로의 조언에 따라 경복궁을 나와 왕실가를 떠돌고 있었던 것이다.

"예, 전하…."

"이제 다시 궐로 돌아갈까 한다."

"혹시 불편한 데라도 계시는지…."

안평대군이 깜짝 놀라며 물었다. 세종이 천천히 고개를 저었다.

"아니다. 이제 마음이 많이 안정되었다."

"예…."

"그 전에 네게 해 둘 말이 있구나."

세종의 표정이 진지해졌다.

"예, 전하."

"내가 이곳 네 집에 비해당이란 당호를 내린 뜻을 아느냐?"

"신이 어찌 그 뜻을 헤아리지 못하오리까. 전하."

안평대군이 고개 숙여 대답했다.

5년 전 세종은 안평대군에게 '비해당'이란 당호, 즉 필명을 하사했다. 20대 초반에 학문과 예술에서 이룬 안평대군의 성취를 인정한 것이며 동시에 안평대군의 도덕적 인품과 충성심에 대한 깊은 신뢰감과 기대를 사호(賜號: 임금이 호를 하사함)로 표현했던 것이다.

"그래. 세자의 아우로서 문과 예의 일가를 이루라는 뜻이었다. 그리고 너는 그 뜻을 충분히 이해하고 따랐다. 그래서 고맙다는 말을 하고 싶구나."

"망극하옵니다. 전하."

세종이 부복한 셋째아들을 흐뭇한 표정으로 바라보다가 이선로에게로 시선을 돌렸다.

"선로야."

"예, 전하."

"네게도 고맙다는 말을 하고 싶구나."

"망극하옵니다. 전하."

이선로가 당황하여 머리를 숙였다.

"너는 그 좋은 머리로 학문에만 전념했더라면 삼문이나 위지, 팽년에 못지않았을 것을."

"송구하옵니다. 전하."

임금의 뜬금없는 소리에 이선로가 어찌할 바를 몰라 했다. 세종이 쓸쓸히 웃으며 고개를 저었다.

"아니다. 고마워서 해본 말이다. 네가 풍수와 지리, 복서를 연구하여 풍수학의 대가가 되지 않았다면 내 어찌 조정 대사의 시간과 장소의 길흉을 짐작할 수 있었겠으며 지리와 택지에 대한 조언을 구할 수 있었겠느냐. 참으로 그동안 네게 의지한 바가 컸다."

이선로에게 한 세종의 그 말은 진심이었다. 벼슬은 함께 출사한 다른 학사들과 비슷한 종5품 집현전 부교리이지만 이선로에겐 남다른 데가 있었다. 학사로서의 기본적인 학문 외에 시, 서, 화에 뛰어나 안평대군과 교분이 깊었고 무예는 고수의 경지에 이르러 성삼문과 더불어 대적할 자가 없다는 소리를 들었다. 성삼문이야 조부와 아비가 무인이어서 그렇다 치고라도 이선로가 무예에 출중한 것은 그야말로 흥미로운 일이었다. 그래서 세종은 가끔 성삼문과 이선로를 겨루게 하여 자웅을 가려보고 싶을 때가 있었다. 그러나 세종이 특히 이선로를 아꼈던 것은 풍수학에 대한 그의 깊은 소양 때문이었다. 어떤 연유에서인지 이선로는 학문보다 풍수학에 깊이 빠져들었고 그에 대한 그의 지식은 독보적인 데가 있었다. 괴짜 혹은 기인이라고밖에 할 수 없었지만 그런 그가 세종은 좋았다. 유교를 국시로 하는 나라에서 학문 진작은 마땅한 일이나 다행히도 유능한 학사들은 차고 넘쳤으므로 이선로 같은 존재는 정말 귀하고 소중할 수밖에 없었던 것이다.

"망극하옵니다. 전하."

"그에 대한 고마움으로 네게 이름 하나를 내리마. 선로(善老)라는 이름 외에 현로(賢老)라는 이름도 함께 쓰는 게 어떻겠느냐."

"성은이 망극하옵니다. 전하. 앞으로는 그 이름을 쓰겠사옵니다."

이선로가 놀라서 엎드려 절했다. 사명(賜名: 임금이 이름을 내리는 것 혹은 그 이름)은 원래 공이 크고 임금이 지극히 애착을 두는 신하에게 특별히 내리는 것으로, 이는 신하로서 대단한 명예가 아닐 수 없었던 것이다.

"그래. 앞으로도 네게 부탁할 일이 많다. 환궁하면 내가 기거할 동별궁(東別宮) 자리를 지으려 한다. 동별궁을 지으면 거기서 지낼 생각이다. 세자의 즉위식도 거기서 이루어질 테고…. 그러니 네가 택지를 알아보거라."

"명심하겠사옵니다. 전하."

이선로가 대답했다. 세종이 입가에 지긋한 미소를 머금었다.

"그리고 내가 임종하는 자리에서 즉위할 세자의 의복도 결정지어야 할 것이다. 나는 세자의 즉위식에 상복보다는 면복(冕服: 임금의 정장)을 입도록 했으면 한다만…."

"전하! 어찌 그런 말씀을 하시옵니까?"

안평대군이 울먹이는 어조로 소리치듯 말했다.

자신의 죽음을 생각할 정도로 세종은 약해져 있었다.

8-2

안평대군이 오랜만에 입궐했다. 계절은, 목련이 지면서 4월도 어느덧 하순으로 접어들고 있었다. 사정전에서 안평대군은 임금을 뵈었다. 임금은 여전히 건강해 보이지가 않았다.

"환궁하신 후로 옥체는 어떠하신지요?"

"괜찮다. 그래, 오늘 입궐한 특별한 이유가 있느냐?"

세종이 물었다.

"꿈에서 무릉도원을 보았기로 전하께옵서 허락해주신다면 안견에게 의뢰해 그린 후 벗들의 찬시를 얻고자 하옵니다."

왕자의 꿈을 그림으로 그리고 대소 신료들의 찬시(讚詩)를 모으는 것은 자칫 오해를 살 수 있어 임금의 허락 없이는 불가능한 일이었다. 그러나 세종은 셋째아들의 충심을 알았다.

"무릉도원이라…. 그래. 세자의 아우로서 네 마음가짐이 정녕 갸륵하고 아름답구나. 고맙다."

세종이 잠시 안평대군을 바라보다가 고개를 끄덕였다.

"망극하옵니다. 전하."

8-3

꽃 피는 계절인 눈부신 5월에 안평대군의 사저 비해당에서 시회가 열렸다.

대청에 산해진미 가득한 술상이 푸짐하게 차려진 가운데 성삼문을 비롯한 집현전 학사들과 비슷한 연배의 관료들이 모였다. 그래서 참석자들 중 나이 든 김종서와 정인지의 존재가 이채로웠다.

"평소 그토록 소원하던 도원경을 며칠 전 꿈에서 보았기에 호군 안견 공에게 부탁드린바 안공이 사흘 만에 그린 것입니다."

비해당 대청 높이 걸린 〈몽유도원도〉. 안견이 그린 〈몽유도원도〉를 보고 모두들 탄성을 올렸다.

"안공의 천품이야 우리 모두가 익히 아는 바이지만 직접 그림을 대하매 두 눈이 분에 넘치는 호강을 하는 것 같습니다."

지극한 찬사였지만 박팽년의 목소리엔 감정이 섞여 있지 않았다. 그만큼 안견의 그림은 일견에 뛰어났던 것이다.

안견은 당대 최고의 화가였다. 중국 여러 대가들의 화풍에 능했고 또 그들의 화풍을 취합하여 자신의 경지를 열었는데 특히 산수화는 절품이었다. 그리고 그 실력이 인정되어 안견은 도화원 화원의 최고 품계인 정6품의 한계를 깨고 정4품 호군 직에 올랐다. 그때 신숙주가 세 품계 낮은 종5품 집현전 부교리였다.

"이제 속세를 벗어나 도원으로 들어가려는 이 소졸(小卒)을 위해 벗들께서 시 한 수씩 내려주시면 고이 간직하겠습니다."

안평대군이 빈객들을 향해 조금 비장한 투로 말했다.

지난 4월 중순 안평대군은 꿈을 꾸었다. 그리고 그 꿈속에서 복사꽃이 흐드러진 도원의 아름다운 풍광을 보았다. 잠에서 깨어 꿈속의 자초지종을 담은 「도원기」를 쓴 후 임금의 허락을 받고 안견으로 하여금 그림으로 그리게 한 게 〈몽유도원도〉였다.

그는 도연명의 귀거래사를 떠올리며 꿈을 꾼 게 자신이 가고자 하는 세계에 대한 계시라고 믿었다.

"저는 그림을 본 감동이 사라지기 전에 오늘 당장 시를 짓겠습니다."

이개가 진지하게 말했다.

"저도 그리하겠습니다."

박팽년도 동참의 뜻을 밝혔다.

"저는 시 대신 아리따운 기녀를 보낼까 하는데 안 되겠습니까, 대군 나리."

성삼문이 능글맞은 표정으로 안평대군에게 농을 던졌다. 좌중에 웃음이 터졌다. 웃음이 잦기를 기다려 이현로가 나섰다.

"허어, 근보 이 사람. 뭘 모르시네. 선녀가 없는 선경이 어디 있다던가. 대군 나리께서 가시려는 도원경엔 이미 팔선녀, 구선녀들이 줄을 섰을 것이네."

좌중에 다시 웃음이 터졌다.

"김종서 대감께서도 꼭 한 수 내려주십시오. 우찬성 대감이야말로 16세 연소한 시절에 문과 급제를 하신 분이 아닙니까."

안평대군이 이날의 최고 빈객인 김종서에게 예를 표하며 시를 청했다. 북변의 여진족 정벌에 막강한 공을 세운 장군으로 널리 알려져 있지만 김종서는 본시 문과 급제자였다. 그것도 약관 16세에.

"허, 붓을 놓고 칼을 잡은 지 이미 오래지만 대군 나리의 청이라면 어찌 거절할 수 있사오리까."

김종서가 호쾌한 웃음으로 답했다.

"고맙습니다. 대감. 자, 다들 듭시다."

안평대군이 좌중을 돌아보며 잔을 높이 들었다.

정인지가 신숙주와 함께 집으로 돌아왔다.

"오늘 시회에서 안평대군은 두 가지 사실을 천명했다."

"예…."

정인지의 말에 신숙주가 희미하게 고개를 끄덕였다.

"첫째 자기가 먼저 조정에서 물러나면서 수양대군의 결단을 촉구한 것이다. 주상 전하의 건강이 좋지 않은 시점에서 세자 저하의 입지를 강화하려는 의도지."

"저도 그렇게 보았습니다."

"둘째, 자기에겐 김종서라는 막강한 세력이 있다는 것을 과시한 거다."

"예…."

정인지는 나이로나 경력으로나 김종서보다 한참 밑이었다. 그런데도 이상하리만큼 김종서에 대한 경쟁의식을 갖고 있었다.

"문제는 이제 수양대군에게는 선택지가 없다는 사실이다."

"안평대군은 정사(政事)를 버리고도 문과 예가 있지만 수양대군에게는 정사밖에 없다는 말씀이시죠?"

"그렇다. 그럴 때 우리는 어떻게 해야 할까?"

"글쎄요."

신숙주는 스스로도 명쾌한 답을 내릴 수 없었다. 그래서 답답했다.

그런 신숙주의 마음을 혼란스럽게 하는 건 또 있었다. 안평대군이 쓴 「도원기」에서 안평대군이 박팽년과 말을 타고 가다가 만난 사람이 최항과 신숙주 자신이었다. 그리고 안견이 그렸다는 〈몽유도원도〉에도 마찬가지였다. 왜 최항과 자신일까. 자신을 끌어들이고 싶어서일까. 그렇다면, 반대로 뒤집어 생각하면 안평대군이 평소 자신을 성삼문이나 이개 등과 달리 특별히 신경 쓰고 있었다는 뜻이 될 수도 있지 않을까.

착잡하고 무거운 표정의 두 사람 사이로 침묵이 흘렀다.

"그나저나 중시 준비는 잘 하고 있나?"

정인지가 잠시 이어지던 침묵을 깼다.

"나름대로 준비하고 있습니다."

"급제한 사람들을 대상으로 10년 만에 보는 중시는 과거시험의 꽃이다. 나도 장원을 했지만 중시의 장원은 10년 동안 급제한 사람들 중 제 1인자가 되는 것이다."

"예…."

"삼문을 경계해라. 삼문은 무서운 놈이다. 나도 다섯 살 이래 한 번 본 글은 잊은 적이 없지만 녀석은 스승 없이 혼자서 학문을 이루었다."

정인지가 정색을 하며 말했다.

"예, 스승님…."

9. 중시(重試)

9-1

이해 궐내 최대 관심사는 중시(重試)였다. 중시가 이미 과거에 급제한 중견 관료들을 대상으로 10년에 한 번 치르는 시험이기도 했지만 조선 개국 이래 지금이 그 어느 때보다 쟁쟁한 재사들로 넘쳐났기 때문이었다. 그것은 호학군주인 세종이 집현전을 통해 꾸준히 인재들을 양성한 덕분이기도 했다. 해서, 중시는 궐내 관료들은 물론 궐밖의 일반 백성들에게까지 그 귀추가 주목되기에 충분하고도 남았다.

중시에 대한 관심은 홍문관에서라고 다르지 않았다. 이날도 홍문관 바깥뜰에선 젊은 관료들이 더위를 피해 그늘에 모여 앉아 중시 얘기를 나누고 있었다.

"중시가 얼마 안 남았지?"

"이 달 열 여드렛날이니까 열흘도 채 못 남았네."

중시는 8월 21일에 열리기로 돼 있었다.

"이번에 장원은 어디서 나올까?"

"어디긴 어디야? 당연히 집현전에서 나오겠지."

관료들로선 그렇게 생각하는 게 당연한 일일 터였다. 집현전은 그만큼 조정의 핵심이자 인재의 저수지였다.

"집현전이라면 누가? 하위지는 집안에 안 좋은 일이 있어 못 나온다던데?"

소문은 빨랐다. 하위지는 형이 송사(訟事)에 연루되어 그 수습을 하느라 이번 중시에 불가피하게 나갈 수 없는 형편이었다.

"애석하네. 10년에 한 번 있는 중시를 집안일로 못 나오다니."

"위지가 못 나온다면 장원은 성삼문이 따 놓은 당상이군."

궐내 관료들에게 대세는 성삼문이었다.

"신숙주는?"

"신숙주는 성삼문의 상대가 못돼. 우리 홍문관의 응교 이석형이라면 모를까. 이 응교는 한 해에 장원을 세 번이나 한 재사 아닌가."

성삼문의 대세를 인정하면서도 홍문관 관료들로선 혹시라도 이석형이 장원을 할 수도 있지 않을까 하는 약간의 기대를 품고 있었다. 이석형은 성삼문보다 세 살 연상으로 출사는 다소 늦었지만 한 해에 생원시와 진사시, 그리고 식년 문과에 모두 장원으로 급제했다. 한 해에 세 차례나 내리 장원을 한 경우는 조선에서 과거를 시행한 이래 그가 처음이었다. 하지만 지금은 홍문관 응교로 있지만 이석형 역시 집현전 출신이었다.

"글쎄….."

그러나 홍문관 관료들도 이석형의 장원을 장담하지는 못했다.

"결과가 나오면 볼 만하겠다."

"왜?"

"중시 장원은 품계를 4계급이나 승진시켜주지 않나? 그러면 쟁쟁한 인재들끼리도 서열이 정해질 게 아닌가?

"그렇겠네. 정말 볼 만하겠군."

9-2

성삼문이 퇴궐하고 있었다. 여전히 경중경중 허실허실 걷고 있는데 뒤에서 부르는 소리가 들렸다. 돌아보니 이현로였다.

"근보!"

"아, 선생!

"퇴궐하시는 길인가?"

"예."

"어디 가서 술 한잔하세."

"그러지요."

두 사람은 근처의 주막으로 들어가 자리를 잡고 마주앉았다.

"지난 번 주상 전하로부터 이름을 하사받은 것 하례 드립니다."

술부터 한 잔씩 비우고 나서 성삼문이 먼저 축하의 인사를 건넸다.

"고맙네. 그래, 중시 준비는 잘 돼 가는가?"

이현로가 물었다.

"그럭저럭요. 선생께서도 응시하시지요?"

"난 응시하지 않을 참이네."

"아니, 왜요?"

"자네가 응시하는데 어차피 장원은 내 몫이 아니잖은가."

이현로가 농을 하듯 웃으며 대답했다.

"별 말씀을요."

"참말이네. 무예라면 결과가 궁금해서라도 자네와 한 번 대적해보고 싶지만 학문에 자넬 따라올 사람이 어딨겠는가."

"과찬이십니다."

"아닐세. 위지가 사정이 있어 못 나온다면 자네 상대는 없어."

"아휴. 괜한 말씀 마십시오."

"그런데 말일세."

이현로의 표정이 갑자기 심각하게 변했다.

"무슨 일이 있습니까?"

"자네, 중시를 포기할 순 없겠지?"

이현로의 말은 너무 뜻밖이었다. 성삼문은 그 저의를 가늠할 수 없었다.

"그게 무슨 말씀입니까?"

"아닐세. 내가 괜한 소리를 했네."

이현로가 세차게 고개를 흔들었다.

"특별한 이유 없이 중시를 치르지 않는 건 주상 전하를 기망하는 일입니다."

실은 그 정도가 아니라 이유 없이 응시하지 않으면 처벌받게 돼 있었다.

"그렇겠지."

이현로가 수긍한다는 듯 천천히 고개를 끄덕였다. 그러면서 얼굴이 어두워졌다.

"대체 무슨 일로 그러십니까?"

"아니, 내가 공연한 생각이 많은가 보네."

그러나 이현로의 얼굴은 점점 더 어두워졌다. 그런 이현로를 성삼문은 의아하게 지켜보았다.

9-3

꽤 오랜 시간 세종은 서재 책상 앞에 앉아 시험문제 출제에 골몰하고 있었다. 그러나 책상 위에 책들이 가득 쌓여 있었지만 두 손으로 연신 눈만 부빌 뿐 책을 펼칠 엄두를 내지 못했다. 그러다가 자리에서 일어나 서재 밖으로 나왔다. 서재 밖 복도엔 4명의 참시관(參試官)이 지키고 있다가 세종을 보고 다가왔다.

"전하. 어디 가시옵니까?"

참시관 하나가 물었다.

"좀 답답해서…."

세종이 두 팔로 기지개를 켜면서 대답했다.

"나가시면 아니 되옵니다."

다른 참시관이 말했다.

"소피도 좀 볼 겸…."

"그럼 요강을 들이겠사옵니다."

또 다른 참시관이 매정하게 대꾸했다.

"큰 것도 봐야 한다."

세종이 배짱을 튕기듯 소리를 높였다.

"그럼 매화틀을 대령하겠사옵니다."

맨 끝에 있던 참시관이 매몰차게 자기 임무만 다하려고 했다. 세종은 은근히 부아가 치밀었다.

이런 자식들! 임금이 매일 골골하는 걸 보고서도 이러나.

더구나 이번 중시는 시관들이 임금에게 출제를 미루었던 것이다. 워낙 쟁쟁한 인재들이 응시하는 만큼 임금이 출제하는 게 좋겠다는 이유에서였다.

"머리가 무거워 바람도 쐬어야 한다니까!"

세종이 짜증을 내며 소리를 질렀다.

막무가내로 참시관을 지나치며 세종이 뜰로 내려섰다. 그러자 참시관들이 쪼르르 뒤따랐다.

좁은 뜰 곳곳에 관헌들이 지키고 있다.

"거 참. 생각 좀 정리하려는데 이렇게 번잡해서야…. 밖으로 나가서 혼자 좀 걷고 싶구나."

"아니 되옵니다. 중시는 모든 중견 관리들을 대상으로 10년에 한 번 치르는 시험이옵니다."

맨 앞에서 따라오던 참시관이 임금을 가르치려 들었다.

"그걸 누가 모르나?"

"내일까지는 밖으로 나가실 수 없사옵니다."

두 번째 참시관도 자기가 임금보다 높은 줄로 착각하고 있는 듯했다.

세종은 더 이상 참시관들과 실랑이를 할 마음을 접고 뜰 안을 이리저리 서성였다. 그러다가 한참 후 다시 서재로 들어와 참시관들을 불렀다.

146

"들어오라!"

참시관들이 들어왔다.

"받아 적으라."

세종이 두 손으로 눈을 부비며 말하자 참시관 하나가 큰 종이 여러 장을 앞에 놓고 받아 적을 채비를 했다.

"그대들은 일찍이 과거에 급제하고 조정의 관료로서 여러 해 경험을 쌓았다. 이제 다시 그대들의 높은 경륜을 구하고자 하니 남김없이 말하여 어진 신하의 말을 들으려는 짐의 기대에 부응하라."

9-4

옥좌의 세종이 지켜보는 가운데 근정전에서 중시가 실시되었다. 앞 편에 시험문제가 걸려 있고 20명의 응시자들이 바닥에 앉아서 시험을 보고 있었다. 두루마리 종이를 넘겨가며 답안을 적어나가는 응시자들의 답안 분량이 꽤 길어 보였다.

성삼문은 평소와 다름없는 태연한 표정이었다. 신숙주의 표정은 굳어 있었다. 박팽년은 늘 그랬듯이 진지한 얼굴이었고 이개는 단아한 모습을 잃지 않았다. 나이가 어린 유성원은 약간 어리둥절한 듯했고 항상 패기만만한 이석형은 이 날도 자신감이 넘쳐보였다.

첫 번째 문제는 "법이 제정되면 그에 따라 폐단도 생기는데 이를 없앨 수 있는 방법이 무엇인가?" 하는 것이었다.

성삼문이 답안을 적었다.

　-마음은 정치의 근본이고 법은 정치의 도구입니다. 모든 변화는 마음에서 일어나고 모든 정치는 마음에서 이루어집니다. 군주가 먼저 이 마음을 간직하고 법을 적용한다면 정치를 하는 데 무슨 어려움이 있겠습니까….

신숙주가 답안을 적었다.

　-적합한 인재를 얻어서 쓰는 것이 무엇보다 중요합니다….

이석형이 답안을 적었다.

　-여러 사람들의 의견을 널리 듣고 채택해야 합니다….

이조정랑 김담도 답을 적었다.

　-천하에는 어그러지지 않는 법도 없고, 구제하지 못한 폐단도 없으니 왕께서 제왕의 도를 체득하여 법을 바로 세우셔야 합니다.

모두들 고개를 돌릴 틈도 없이 열심히 답을 적어나갔다.

두 번째 문제는 군주의 권한에 대해서였다.

성삼문이 답안을 적었다.

　-정권은 군주의 큰 권한이기 때문에 하루라도 남에게 빌려줄 없습니다….

신숙주가 답안을 적었다.

　-대신을 믿고 권한을 맡기는 것은 옛날이나 오늘날이나 공통된 의리라고 생각합니다….

세 번째 문제는 의정부와 승정원의 역할이 분분한 데 대한 생각을 적으라는 것이었다.

신숙주가 답안을 적었다.

　-정사를 전횡하는 폐단을 혁파하려면 크고 작은 일을 반드시 의정부를 거치게 하고 승정원으로 하여금 조심하고 삼가게 해야 합니다….

성삼문이 답안을 적었다.

　-우리 조선에서 크고 작은 일에 대해 모두 임금의 결재를 받게 해서 의정부가 마음대로 결정하지 못하게 한 것은 바로 이러한 폐단을 경계하기 위한 것입니다….

응시자들이 생각을 정리하며 답을 쓰는 사이 근정전 밖에서는 해가 중천을 지나가고 있었다. 답안 쓰기를 중단한 채 근정전 안에서 응시자들은 점심을 먹었다. 개중에는 가볍게 술을 드는 자들도 있었다.

다시 응시자들이 답안을 적기 시작했다.

네 번째 문제는 이미 혁파한 사병의 필요성에 관한 것이었다.

신숙주가 답안을 적었다.

　-태평한 세월이 오래 지속되어 군사적 대비가 느슨해져 갑자기 군사를 쓰려고 해도 쓸 수가 없기 때문에 다시 사병을 설치하자는 요청을 하게 된 것입니다….

성삼문이 답안을 적었다.

　-신하가 사병을 소유하고 있으면 반드시 군주를 위협하는 데까지 이르게 되는 것입니다….

응시자들이 답안 쓰기에 여념이 없는 사이 근정전 뜰에 어둠이 내리기 시작했다. 여전히 응시자들은 답안을 적고 있었다.

9-5

상시관(上試官)인 우의정 하연이 독권관(讀卷官) 3명과 참시관 4명을 대동하고 사정전에서 세종에게 중시 결과를 보고했다.

"전하. 중시의 결과가 나왔사옵니다."

우의정이 아뢰었다.

"그래, 어떻게 됐소?"

"20인 중 급제자는 10명이옵니다."

"10명이나 되오?"

"이번 응시자들은 모두 우수하여 급제자가 많았나이다."

"그래, 장원은 누구요?"

세종이 자못 궁금하다는 듯 물었다.

"신들이 엄중히 읽고 순위를 정했습니다만 전하께서도 읽어보심이 좋을 줄로 아뢰옵니다."

우의정이 대답을 미루었다.

"경은 허조 대감과 함께 과인을 가르치신 분 아니오. 어련히 읽고 뽑으셨겠소."

72세의 우의정 하연은 죽은 허조와 함께 세자 시절의 세종을 가르친 바 있었다.

"그래도 전하께서 친히 답안을 보셔야 하옵니다."

"참, 고집도 어찌 허조 대감과 그리 똑같으시오. 하지만 내 눈이 어두워서….."

그러면서 세종은 내심 기쁜 기색을 슬쩍 감추었다.

"그럼 소신들이 답안을 읽겠사옵니다."

독권관과 참시관 들이 돌아가며 10명의 답안을 읽었다. 세종은 눈을 감은 채 답안을 들었다. 답안들이 길어 상당한 시간이 소요되었다.

"과인의 생각으론 네 번째 답안이 장원이고 일곱 번째 답안이 2등, 그리고 다섯 번째 답안이 3등이요."

답안을 모두 듣고 나서 세종이 곧바로 자신이 생각한 순위를 밝혔다. 그러자 우의정이 놀라는 얼굴로 순위표와 세 개의 답안 두루마리를 내밀었다.

"전하. 소신들이 읽은 결과도 똑같사옵니다."

그러면서 안도의 한숨을 내쉬었다. 순위를 정하는 데 상당한 부담감을 느꼈던 듯했다.

"그 이하 나머지는 경들의 생각대로 하시오."

"성은이 망극하옵니다."

우의정이 다른 시관들과 함께 고개를 숙였다.

"그런데 하나, 좌상에게 양해를 구하면서 일러둘 게 있소."

"하교하시옵소서. 전하."

"석차를 정했다고 하나 이번 응시자들은 평소 하나같이 우열을 가릴 수 없는 쟁쟁한 재사들이오. 하여, 급제자들의 품계를 높이는 일에 크게 차등을 두지 않았으면 하오."

중시의 경우, 장원급제자에게는 4계급, 차상과 차하에게는 3계급 품계를 올려주었다. 그 아래로는 석차에 따라 2계급과 1계급씩 승차시켰다. 그러다 보면 같은 품계였던 사람이 3품계 차이가 날 수도 있었다. 세종은 그걸 우려하였던 것이다.

"분부 받잡겠사옵니다. 전하!"

우의정이 다시 고개를 숙였다.

9-6

임금이 친림한 가운데 경복궁 앞들에서 중시 결과가 발표되고 있었다. 계단 아래 서 있는 응시자들은 모두 긴장한 얼굴이었다.

독권관이 을과 급제자를 호명했다. 조선의 과거는 갑과가 없고 을과부터 있었다. 갑과부터 있는 중국에 대한 예의를 차리고자 해서였다.

"장원 집현전 수찬 성삼문!"

응시자들이 술렁이는 가운데 성삼문이 앞으로 나아가 계단을 걸어 올라 세종 앞에 섰다. 세종이 성삼문에게 어사화를 씌워주고 장원

교지와 홍패를 내렸다.

독권관이 다시 을과 두 번째 급제자를 호명했다.

"2등 이조정랑 김담!"

예상치 않았던 일이었을까. 응시자들 사이에서 아까보다 더 큰 술렁임이 일었다.

김담이 앞으로 나아가 세종 앞에 섰다. 세종이 김담에게 어사화를 씌워주고 2등 교지와 홍패를 내렸다.

독권관이 또 다시 을과 마지막 급제자를 호명했다.

"3등 집현전 수찬 이개!"

이개가 앞으로 나아가 세종 앞에 섰다. 세종이 이개에게 어사화를 씌워주고 3등 교지와 홍패를 내렸다.

을과 급제자 세 사람이 계단 앞에서 임금에게 절하고 함께 응시자들 맨 앞자리로 돌아왔다.

을과 급제자 뒤쪽의 응시자들 사이에 서 있는 신숙주는 몹시 당황스러웠다. 그 기색을 숨기려 해도 낯빛이 점차 흙빛으로 변했다.

독권관이 병과 급제자들을 호명했다.

"다음은 병과 급제자!"

이어 집현전 부교리 신숙주, 집현전 교리 박팽년, 집현전 박사 유성원, 이극감, 예문관 응교 최항, 홍문관 응교 이석형, 승문원 교리 송처관 등의 이름이 불렸다. 모두 차례대로 앞으로 나가 임금으로부터 급제 교지와 홍패를 받고 함께 절을 올렸다.

이어 성삼문을 제외한 9명의 급제자들이 장원을 한 성삼문에게 큰절을 올렸다. 성삼문도 겸연쩍은 얼굴로 민망해하며 맞절을 했다.

절을 마치고 나서 이석형이 성삼문에게 다가와 웃으며 말했다.

"내가 오랫동안 남에게 무릎을 꿇지 않았는데 오늘에야 꿇게 되었네그려."

"대체 이 죄를 어떡하면 좋은가?"

성삼문이 마주 웃으며 이석형의 손을 잡았다.

"벌주를 사면 적당히 용서하지."

"주막을 정하시게. 오늘밤은 내가 책임지겠네."

급제자들 사이에서 웃음이 터졌다.

다음으로 성삼문에게 축하의 말을 건넨 건 을과 2등을 한 이조정랑 김담이었다.

"축하하네, 근보!"

"부끄럽네. 아무 것도 한 게 없는 내가 자네에 앞서 뽑혔다는 게…"

성삼문의 그 말은 진심이었다. 김담으로 말하자면 이현로와 함께 성삼문이 경외하는 천재였다.

김담은 성삼문과 나이와 출사 시기가 비슷한 집현전 동료였다. 동시에 이순지와 더불어 『칠정산내편』과 『칠정산외편』 등을 편찬한 당대 최고의 천문학자이기도 했다. 평소 천문학에 몰두했던 그가 장원급제한 성삼문에 이어 중시에서 차상을 차지했다는 건 그의 천재성을 입증하고도 남는 일이었다.

이어 이개와 박팽년이 다가와 성삼문과 서로 축하하고 축하를 받았다. 그런 중에도 신숙주는 아무 말이 없었다.

성삼문이 유성원에게 다가가 두 손을 잡았다.

"성원아. 장하다. 우리 모두 서른을 넘겼는데 스물 셋 나이에 중시에 급제하다니. 오늘 진짜 장원은 너다."

"부끄럽습니다. 형님."

유성원이 수줍게 웃었다. 이개와 박팽년도 유성원의 급제를 축하했다.

그 뒤에서 신숙주가 참담한 표정으로 서 있었다.

9-7

어둠에 잠긴 신숙주의 집.

집안 전체가 어둠의 무게에 눌린 듯 고요하다 못해 괴괴한데 오로지 신숙주의 방에서만 희미한 불빛이 흘러나오고 있었다. 책이 가득한 방에 서안을 앞에 두고 신숙주는 미동도 없이 앉아 있었다.

허공을 뚫어져라 바라보던 신숙주의 두 눈에 이윽고 눈물이 맺혔다. 그리고 시간이 지남에 따라 그 두 눈은 점차 분노로 차오르기 시작했다.

10. 시습, 한명회와 조우하다

10-1

성삼문이 32세가 된 기사년(1449, 세종31)도 어느새 9월로 접어들었다.

늦은 시각 세자궁에서 잠옷 차림의 세자가 성삼문과 한성부윤 김하를 만나고 있었다. 세자는 병을 앓고 있는 듯 수척한 모습이었다.

"많이 편찮으시옵니까? 저하?"

성삼문이 세자에게 안부를 여쭈었다.

"괜찮다. 그보다…."

세자는 성삼문에게 건성으로 대답하고 김하 쪽으로 고개를 돌렸다.

"지금 명나라에 큰일이 벌어졌소."

"큰일이라시면…?"

김하가 조심스럽게 물었다.

"지난 달 명나라 황제 영종이 달단을 친히 치다가 포로가 되었소."

"그게 정말이옵니까, 저하! 소신은 금시초문입니다."

김하가 깜짝 놀란 얼굴로 되물었다. 상국 명나라 황제가 적에게 포로로 잡혔다니. 정말이지 듣고도 믿기지 않을 얘기였다.

"그리고 이달 초 영종의 아우인 성친왕이 새 황제로 즉위했소."

"그게 사실이옵니까?"

성삼문도 안색이 변하며 재차 확인했다.

"그렇다."

세자와 성삼문, 그리고 김하 세 사람 다 한참 동안 말이 없었다. 먼저 입을 연 건 세자였다.

"그런데 어제 명나라에서 돌아온 사신 편에 군사 10만을 보내달라는 요구를 해 왔소."

"그건 불가한 일이옵니다."

김하가 단호한 입장을 밝혔다.

"우리 조선이 달단과 연합하여 명나라를 공격하지 않을까 우려해서 무리한 요구를 하며 선수를 치는 것 같소."

세자가 명나라의 의도를 설명했다.

"오늘 소신을 부르신 이유는…?"

김하가 세자를 바라보며 물었다.

"사은사의 정사를 맡아주시오."

"예, 저하."

김하가 허리 숙여 대답했다.

"그리고 왜구와 야인의 침공에 대비해야 하므로 파병이 어렵다는 우리의 입장을 통보해 주시오."

"예, 저하."

"경은 중국어에 정통하고 일찍이 중국에 사신을 여러 차례 다녀온 바 있어 주상 전하께도 그리 말씀 올렸소."

"삼가 명 받잡겠나이다."

김하가 다시 허리를 굽혀 절했다.

"경이 근보의 처숙부 되시니 어려운 임무를 맡기는 내 마음이 조금은 덜 무겁소."

"망극하옵니다. 저하."

한성부윤 김하는 성삼문의 부인 김씨의 숙부였다.

"그런데 영종의 아우가 새 황제가 되었다는 사실이 왠지 마음에 걸리옵니다. 저하."

성삼문이 아까부터 망설이고 있던 말을 꺼냈다. 명나라가 황제의 아들이 아닌 동생으로 보위를 이었다는 사실이 썩 상서롭지 않았던 것이다.

"나도 그렇다. 그보다 내 몸이 이래서 주상 전하께 근심을 드리게 되니 죄스럽기 그지없다.”

세자가 어두운 표정으로 성삼문과 눈을 맞췄다. 옥체가 쇠약해진 부왕을 대신하여 몇 년째 대리청정을 하고 있는 세자였다. 그런데 세자도 최근 들어 등의 종기가 도져 운신에 어려움을 겪고 있었다.

“빨리 쾌차하시옵소서. 저하.”

성삼문은 답답한 마음으로 세자의 쾌유를 빌었다.

10-2

초라한 행색의 한명회와 권람이 등에 책이 든 듯한 봇짐을 지고 천천히 강원도 산길을 걷고 있었다. 권람은 호신용으로 보이는 장검을 한쪽 손에 들고 있었다. 그러던 중 비를 만났다.

“이거 갑자기 웬 비가….”

한명회가 주위를 두리번거리며 비를 피할 곳을 찾았다. 마침 조금 떨어진 곳에 새로 생긴 듯한 무덤과 초막이 보였다.

“일단 저리 가서 비를 피하세.”

“그러세.”

한명회의 말에 권람도 동의했다. 두 사람은 허둥지둥 초막으로 뛰었다.

제법 공간이 넓은 초막 안에는 아무도 없었다.

"누가 시묘살이를 하고 있는 모양이군."

권람이 초막 안을 훑어보며 말했다.

"그런 것 같네."

한명회가 고개를 끄덕였다.

두 사람은 움막 안 바닥에 놓여 있는 삶은 감자가 담긴 소쿠리가 눈에 띄자 허겁지겁 집어먹었다.

한참 정신없이 감자를 먹는데 그새 빗소리가 멎었다.

"소나기였군."

한명회가 초막 입구를 통해 바깥을 내다보며 중얼거렸다.

"이참에 좀 쉬세그려."

권람이 두 손을 바닥에 짚고 두 다리를 쭉 폈다. 한명회도 그 옆에서 엉덩이를 바닥에 깔고 앉았다.

"상주가 글 읽는 사람인가?"

권람이 한쪽에 놓여 있는 밥상과 책들을 발견하곤 일어나 그쪽으로 갔다. 그리고 쌓여 있는 책들을 뒤적거렸다.

"어라. 누군지 몰라도 제법이군. 『대학연의』도 있고 『주역』도 있고 『근사록』도 있고…."

한명회가 다가가 권람이 들고 있던 책 하나를 받아들고 펼쳤다.

"어, 이건?"

"왜 그러나?"

"이것 보게."

한명회가 책 뒤쪽에 적혀 있는 글자를 가리켰다.

"근보?"

"근보라면…?"

"혹시 성삼문 아닌가?"

"성삼문의 책이 왜 여기에?"

"그러게 말일세."

한명회가 그 자리에 주저앉았다. 그리고 골똘히 뭔가 생각을 하는 듯 잠시 말이 없었다.

"무슨 생각을 하는가, 자준?"

"자네 수양대군을 만날 수 있지?"

한명회가 고개를 쳐들며 권람에게 물었다.

"글쎄. 찾아가면 만나주긴 하겠지. 아버님과 인연이 있으니까."

"그럼 이 길로 당장 한양으로 올라가세."

"올라가서?"

"지금이 바로 그 기회네"

한명회가 사팔뜨기 눈알을 굴리며 희번덕거렸다.

"기회?"

"지금 중국에선 황제가 달단의 포로가 되고 그 아우가 새 황제로 등극했네. 우리 평생에 이런 기회가 올 줄 몰랐네."

이해했다는 듯 권람의 입가에 웃음이 번졌다.

그때 입구 쪽에서 소리가 들렸다.

"뉘시오? 함부로 남의 물건을 뒤지는 작자가?"

한명회와 권람이 돌아보니 상복을 입은 15세 전후의 청년이 나물 바구니를 들고 서 있다. 시습이었다.

"비를 피하느라 잠시 실례했네만 그렇다고 젊은이가 어른한테 작 자라는 말은 너무 심하지 않은가."

권람이 짐짓 무게를 잡으며 시습을 타이르듯 말했다.

"주인도 없는 데 들어와 남의 물건을 훔치는 도둑에게 작자라는 말은 오히려 과분하지요."

시습이 권람을 향해 이죽거렸다.

"도둑이라니? 이놈이 우리를 어떻게 보고?"

권람이 노기를 담은 목소리를 높였다.

"보아하니 과거에 낙방하느라 젊은 시절을 허송세월한 덜떨어진 양반네들 같은데. 왜 내 책들이 탐이 나시오?"

"혹시 우리를 본 적이 있는가?"

한명회가 기억을 더듬는 듯 시습을 주시하며 물었다.

"내 일찍이 이곳저곳 떠돌며 빌어먹던 당신들에게 귀한 술대접을 한 적도 있는 것 같은데 나를 기억하지 못하는 걸 보니 과거공부 할 머리는 못 되는 것 같소. 냉큼 꺼지시오. 하찮은 목숨이라도 부지할 양이면."

"이놈이 보자보자 하니…."

권람이 팔을 들어 시습을 후려쳤다. 그러나 권람의 팔은 시습에게 미치지 못했다. 가느다란 나뭇가지 하나가 권람의 팔을 가로막았던 것이다. 권람이 돌아보니 20세가량의 또 다른 젊은 청년 하나가 나뭇가지를 들고 있었다. 귀성이었다.

"형! 그 도둑들 혼 좀 내서 쫓아버려."

시습이 귀성에게 귀찮다는 듯 심드렁하게 말했다.

시습의 말이 떨어지기가 무섭게 귀성이 나뭇가지를 휘둘렀다. 한명회와 권람은 얼떨결에 속수무책으로 얻어맞았다. 그러다가 급기야 고양이에게 쫓기는 쥐새끼처럼 초막 밖으로 뛰쳐나갔다.

"나오너라!"

초막을 나온 권람이 장검을 뽑아들며 소리쳤다. 순간 권람의 얼굴을 스쳐지나가는 둔탁한 소리와 함께 코에서 피가 터졌다.

어느새 밖으로 나온 귀성이 고꾸라진 권람을 내려다보고 있었다. 한명회가 쓰러진 권람을 부축했다.

"괴, 괴물이다. 우선 피하세!"

한 손으로 코피를 훔치며 권람이 한명회에게 다급하게 소리쳤다. 한명회가 고개를 끄덕였다.

혼비백산하여 달아나는 한명회와 권람을 보며 시습이 긴 한숨을 쉬었다.

"왜 그래?"

귀성이 시습에게 물었다.

"꼴상이 장차 나라를 말아먹을 역도의 상이야."

"원한다면 가서 없애버릴게."

시습이 고개를 가로저었다.

"그보다 형, 한양에 좀 다녀와야겠어."

10-3

출타 채비를 하는 성삼문을 곁에서 부인 김씨가 도와주고 있었다.

"궐로 가시나요?"

"아니, 영응대군 댁으로 가오. 주상 전하께서 그곳에 피병 와 계시오."

안평대군의 비해당에 한 달간 머물던 세종은 환궁했다가 이현로가 택지해 준 안국당에 여응대군의 저택을 세우고, 그 터 안에 자신을 위한 동별궁을 지었다. 그리고 다시 궁궐에서 나와 그곳에 머물고 있었다.

"주상 전하를 뵙는 건가요?"

"세자 저하께서 몸져누우셨소. 그래서 주상 전하께서 다시 정무를 보고 계시오."

성삼문이 어두운 표정으로 대답했다.

"연세도 있으신데…."

김씨가 걱정스런 표정으로 말을 잇지 못했다.

"그래서 나도 걱정이오."

성삼문이 길게 한숨을 쉬었다.

"숙부님도 같이 가시나요?"

"그렇소. 함께 주상 전하를 뵙기로 했소."

그때 밖에서 하인의 소리가 들렸다.

"나리. 누가 찾아왔습니다."

성삼문 밖으로 나가자 귀성이 기다리고 있었다.

"귀성이 아니냐. 어쩐 일이냐?"

귀성이 다가와 성삼문의 귀에다 대고 낮은 소리로 뭔가 얘기했다.

"뭐라고? 자준이란 자가 수양대군을 들먹였다고?"

성삼문의 표정이 굳어졌다.

"알았다. 가자."

안방에서 둘째딸과 셋째딸이 나와 성삼문을 배웅했다. 귀성이 그 딸들을 슬쩍 곁눈질했다.

10-4

"전하. 용안이…."

세종을 보자 성삼문이 왈칵 울음을 터트렸다. 잠옷 차림의 임금이 몰라보게 여위어 있었던 것이다.

"괜찮다."

세종은 애써 웃어보였다.

"전하!"

"괜찮다니까. 걱정 마라."

세종은 재차 성삼문을 달래고 나서 김하에게로 고개를 돌렸다.

"그래, 명나라에 갔던 일은 어찌 되었는가?"

"예, 전하. 10만 군사 파병은 없던 일로 했사옵니다."

"그래? 애썼다."

"대신 전투에 쓸 말 2, 3만 필을 보내달라는 요청이 있었사옵니다."

"말 2, 3만 필이라…."

세종이 짧은 한숨을 내쉬었다.

"5천 필 정도로 조정하는 게 좋을 듯싶사옵니다. 전하."

성삼문이 소견을 상주했다.

"그래…. 하지만 말 5천 필도 쉬운 일이 아니다."

세종이 고개를 끄덕이다가 다시 한숨을 쉬었다.

"이 일과 관련하여 다음 달 한림학사 예겸을 봉조사로 보내겠다고 하옵니다."

김하가 아뢰었다.

"한림학사 예겸이라…. 늘 환관을 보내다가 이번엔 어찌 한림학사를 보낸다던가?"

세종이 김하에게 물었다.

"조선에 대한 예우라고 여겨지옵니다. 전하."

"그렇지만 한림학사 예겸은 시문에 능한 명나라 최고의 학자 아닌가. 자칫하며 이쪽에서 망신당한다."

"그러하옵니다. 전하."

"삼문아."

세종이 성삼문을 불렀다.

"예, 전하."

"너밖에 없다. 아무리 생각해도. 네가 예겸을 맡아줘야겠다."

"명 받잡겠나이다."

성삼문이 엎드려 절하며 대답했다.

"달리 필요한 건 없겠는가?"

"공조판서 정인지와 신숙주도 함께 예겸을 맞도록 하는 게 좋겠사옵니다."

김하가 성삼문을 대신하여 대답했다. 조카사위의 짐을 덜어주려는 의도였다.

"그리 하도록 하라."

세종이 잠시 생각하다가 윤허했다.

"그리고 명 황제의 사신 접대는 왕실에서 주관하여야 하옵니다."

명나라와의 교류에 정통한 김하가 임금에게 사신 접대의 주체를 명확히 하려 했다.

"어떡하면 좋을꼬. 마땅히 내가 명 황제의 사신을 맞아야 하지만 이렇게 자리보전을 하고 있고 세자 또한 같은 형편이니⋯."

세종이 기력이 쇠한 소리로 걱정을 하며 성삼문을 바라보았다.

"세손 마마로 하여금 왕실 대표로 사신을 맞도록 함이 어떻겠사옵니까?"

"세손을?"

"세손 마마는 전하와 저하를 이어 이 나라를 이끌어 가실 분입니다. 다른 어떤 누구도 왕실과 조정을 대신할 수는 없사옵니다."

"옳은 말이다. 내 의정부에 그리 하도록 조치하겠다."

성삼문을 바라보는 세종의 두 눈에 고마움이 가득했다.

10-5

수양대군이 거하게 차린 상을 앞에 두고 권람과 마주앉았다.

수양대군이 권람의 잔을 채우자 권람이 고개를 돌리고 잔을 비웠다. 그리고 무릎을 꿇은 채 술병을 들어 수양대군에게 술을 따랐다.

"그래, 어찌 나를 찾았는가?"

수양대군이 단숨에 잔을 비우고 나서 물었다.

"외로우실 것 같아 찾아뵀사옵니다."

권람이 의식적으로 당차게 대답했다. 수양대군이 크게 웃었다.

"외로울 것 같다? 당연히 외롭지. 내가 외로울 줄 알았다면 진즉에 좀 찾아오지 그랬나."

"대군 나리껜 참아야 할 세월이 있고 소생에겐 기다려야 할 때가 있었기 때문이옵니다."

"이제 그 때가 되었단 말인가?"

"지금 주상 전하께선 영웅대군 댁에, 세자 저하께선 금성대군 댁에 누워계십니다. 그리고 세손 아기씨는 아직 어리고 명나라에선 황제의 아우가 새 황제에 올랐습니다."

"그런 소릴 함부로 하다니 간이 부었군."

수양대군이 권람에게 얼굴을 가까이 하며 겁을 주듯 말했다.

"목숨을 아끼면서 대군 나리를 뵈려 했겠사옵니까."

권람이 애써 태연을 가장했다.

"그러니까 내게 목숨을 걸었다? 그래서?"

"한 고조 유방이 장자방을 얻어 나라를 일으켰듯 대군 나리께도 장자방이 필요하옵니다."

"그 장자방이 자네란 말인가?"

수양대군이 다그치듯 물었다.

"어찌 소생이 감히 장자방을 칭하겠사옵니까."

권람이 한발 빼듯 여유를 부렸다.

"그렇다면?"

"장자방은 따로 있습니다. 하지만 지금은 나설 시기가 아닙니다. 대신 오늘은 장자방의 계책 하나만 올릴까 하옵니다."

"계책이라…."

수양대군이 한 손으로 수염을 쓰다듬으며 권람을 바라보았다.

"명나라 한림학사 예겸이 올 때 나리께서 왕실을 대신하여 영접을 맡으시옵소서."

"내가 왕실을 대신해서?"

수양대군이 잠시 생각하다가 득의에 찬 눈으로 입가에 묘한 미소를 지었다.

10-6

성삼문과 이개가 집현전에 앉아 있는데 박팽년이 급히 들어섰다.

"큰일 났네!"

자리에 앉자마자 박팽년이 소리치듯 말했다.

"큰일이라니?"

성삼문이 되물었다.

"왕실에서 명나라 사신 예겸을 접대하는 일을 수양대군에게 맡기기로 했다네."

"주상 전하께서 세손 마마께 맡기기로 하셨다지 않았나?"

이개가 확인하듯 성삼문을 돌아다보았다.

"수양대군이 늙은 정승들을 윽박질렀다고 하네. 세손 마마는 유충하시고 종친 서열이 자기가 제일 위라면서…."

박팽년이 듣고 온 얘기를 전했다.

"자기가 젤 위이기는. 양녕대군, 효령대군 다 계신데…."

이개가 빈정대듯 얼굴을 찌푸렸다.

"수양대군이 왕실과 조정을 대표하여 나선다는 건 여러모로 상서롭지 못한 일이네."

성삼문이 걱정스런 표정을 지었다.

"근보가 잘 대처하시게. 수양대군이 딴 맘먹지 못하도록."

이개가 성삼문에게 당부했다.

"알았네."

성삼문이 나직이 대답했다.

10-7

3정승과 정인지, 성삼문, 신숙주 등이 참석한 가운데 궐 안 연회장에서 수양대군이 명나라 사신 예겸을 접대하고 있었다. 수양대군과 예겸이 나란히 상석에 앉았다.

"대인께서 오신 게 엊그제 같은데 벌써 송별연을 갖게 되니 아쉬운 마음 이루 말할 수 없습니다. 왕실을 대표하여 대인을 모시면서 그동안 소홀한 점이 없었는지 모르겠습니다."

수양대군이 깍듯한 태도로 명나라 사신 예겸에게 인사를 했다.

"주상 전하는 잠시 뵈었지만 세자 저하를 뵙지 못해 유감이오."

예겸의 말에는 뼈가 있었다. 수양대군이 뭔가 자신에게 야료를 부린다는 투였다.

"세자 저하의 병이 깊어 왕실의 걱정이 큽니다. 종친의 수장으로서 매일 밤잠을 이룰 수 없을 지경입니다."

수양대군이 세자의 병 상태를 과장했다. 성삼문이 끼어들었다.

"큰 병이 아니니 곧 쾌차하시겠지요. 다음에 다시 오시면 세자 저하를 꼭 뵙게 되실 겁니다."

수양대군이 슬쩍 성삼문을 째려보았다.

"그래도 이번에 조선에 와서 기쁨이 컸소이다. 지난 20여 일 동안 성삼문 공과 신숙주 공과 시문을 나눈 일은 내 평생 잊지 못할 것이오. 정말이지 올 때만 해도 조선에 두 분 같은 훌륭한 분들이 계실 줄은 차마 몰랐소. 두 분은 가히 송옥과 가의에 비견할 만하오."

수양대군에게와 달리 예겸은 성삼문과 신숙주에 호감을 드러냈다.

"과찬의 말씀 거두어주십시오."

성삼문과 신숙주가 겸양의 예를 표했다. 예겸이 고개를 가로저었다.

"아니오. 나는 결코 빈말을 하는 사람이 아니오."

그러다가 신숙주 앞에 놓인 책을 보고는 눈을 번쩍 뜨며 물었다.

"그런데…. 신공, 그 책 표지의 글씨는 누구의 것이오?"

"예, 이 글씨는 안평대군께서 쓰신 것입니다."

신숙주가 조금 당황하며 대답했다.

"주상 전하의 셋째 아드님 되시는 분 말이지요? 허어, 예사 글씨가 아니오. 필법이 신묘하기가 그지없소. 송구하지만 글씨를 좀 얻을 수 없을까요?"

성삼문이 재빨리 나섰다.

"대인께서 원하신다면 어렵지 않습니다. 안평대군 나리께선 워낙 남에게 글을 주는 걸 즐겨하는 분이십니다."

"호오! 그게 정말인가요?"

예겸이 기대에 찬 눈으로 수양대군을 돌아다보았다.

"그럼요."

수양대군이 탐탁잖은 내색을 애써 감추며 고개를 끄덕였다 그리고는 유사를 불러 일렀다.

"속히 말을 달려 대군을 모셔 오라."

유사가 나가고 참석자들이 술잔을 나누며 덕담을 주고받는 사이 안평대군이 도착했다. 연회장에 들어선 안평대군은 예겸과 인사를 나누고는 곧바로 준비된 종이에 글씨를 써내려갔다.

"대군의 글씨는 가히 조맹부의 서체라 할 것이오. 조금 쉬시다가 몇 장만 더 써 주실 수 없겠소? 황제 폐하께도 올려야 하고 이 글씨를 보면 탐하는 자들이 너무 많을 것이오."

안평대군이 글씨 쓰는 걸 지켜보며 예겸이 욕심을 참지 못했다.

"대인께서 원하신다면 어찌 잠시의 편안함을 취하리까."

안평대군이 예겸의 청을 흔쾌히 수락하고는 종이를 갈아가며 거침없이 글씨를 써내려갔다. 그때마다 예겸이 감탄을 연발했다.

이를 지켜보는 수양대군의 얼굴이 마치 벌레라도 씹은 듯했다.

11. 수양대군, 신숙주와 연을 맺다

11-1

석양이 깃드는 겨울 오후의 북악산 자락. 성삼문과 이현로가 바위에 걸터앉아 이야기를 나누고 있었다. 그 곁에 시습이 서 있었다.

"어떤가, 이 자리?"

이현로가 성삼문에게 물었다.

"저야 풍수를 압니까. 선생께서 그렇다면 그렇겠지요."

이현로가 몸을 돌려 뒤쪽 산을 가리켰다.

"보시게. 저기서 흘러내린 우백호의 기세가 대궐로 힘차게 이어지고 있지 않는가?"

"그래 보이긴 합니다만…."

"늦었지만 여기다 작은 궁이라도 지어야 우백호의 기세를 막고 왕실의 장자를 보호할 수 있네."

"예…."

성삼문이 고개를 끄덕이고는 옆에 서 있는 시습을 불렀다. 시습이 다가왔다.

"예, 나리."

"시습아. 이번 과거는 보지 않는 게 좋겠다."

"예?"

시습은 성삼문의 뜻밖의 말에 조금 놀란 듯했다.

"시기가 좋지 않다. 잘못하면 네가 다칠 수가 있다."

"무슨 말씀이신지…?"

"지금 주상 전하도 위독하시고…."

"많이 편찮으신가요?"

"아마 이번 겨울을 못 넘기실 것 같다."

성삼문의 얼굴에 슬픔이 깃들었다. 성삼문이 말을 이었다.

"그보다 더 큰 문제는…."

시습이 불안한 표정으로 물었다.

"또 다른 문제가 있사옵니까?"

"세자 저하께서도 강건하시지 못하다. 그래서 앞을 가늠하기가 힘들다. 그러니 세월이 좀 안정될 때까지 과거는 미루는 게 좋겠다."

"그래, 너는 아직 나이가 어리니 그래도 괜찮을 거다."

이현로도 거들었다. 그리고는 성삼문에게 고개를 돌렸다.

"그보다 근보. 수양대군 문제는 어떡해야 할까?"

"글쎄요. 아직은 좀 더 지켜볼 수밖에요."

"그러나 그 시간이 너무 길어지면 어려운 국면을 맞을 수가 있네. 한명회가 이미 수양대군과 접촉을 했다면 말일세."

"한명회가 그렇게 대단한 인물입니까?"

"한명회는 보잘것없는 인물이라 할 수도 있네. 그러나 수양대군의 힘을 빌리면 무슨 짓이든 못할 게 없는 간교하고 위험한 인물이라는 얘길세."

"예…."

"근보. 내 이런 말을 해도 좋을지 모르겠지만…."

갑자기 이현로가 꺼내기 어려운 말이라도 있는 듯 주저하는 표정을 지었다.

"말씀 하십시오."

"내 지난번 자네에게 중시를 포기하는 게 어떻겠냐는 얘길 하기도 했지만…. 신숙주를 조심하게."

"그게 무슨 말씀입니까?"

"머지않아 신숙주는 자네와 반대편에 설 것이네."

"설마요. 숙주와는 평생의 친구입니다."

성삼문도 나름대로 짚이는 게 있었지만 내색하지 않았다.

"신숙주는 자네와 같은 하늘을 이고 살고픈 생각이 없어. 내 말을 믿게. 틀림없네."

이현로는 단호했다.

갑자기 성삼문의 표정이 굳어졌다. 그리고 고개를 숙이며 어떤 소리에 귀를 기울이는 듯했다.

"제 뒤쪽 숲에 누가 있습니다."

성삼문이 소리를 죽여 이현로에게 말했다.

"알고 있네."

그러면서 이현로가 재빨리 품속에서 표창을 꺼내 성삼문 뒤쪽으로 던졌다. 동시에 어디 있었는지 귀성이 나타나 아래쪽 숲속으로 뛰어갔다. 그리고 세 명의 장사와 맞닥뜨렸다. 칼을 휘두르는 세 장사의 공격을 막아내며 귀성이 역공을 펼쳤다. 그러나 귀성이 둘을 베는 사이 한 명이 아래쪽으로 도망쳤다.

"놓쳤습니다."

귀성이 돌아와 성삼문과 이현로에게 보고했다. 이현로가 귀성의 어깨를 툭, 쳤다.

"수양대군 끄나풀들이다."

"언제부터…?"

성삼문이 물었다.

"주상 전하께서 위독하신 뒤로 수양대군이 미행을 붙이기 시작했네."

눈 내리는 영응대군의 저택 내 동별궁. 밤이 깊은데 대소 신료들이 눈을 맞으며 마당에 꿇어 엎드려 있었다. 그 속엔 3정승 6판서 외에 성삼문을 비롯한 신숙주, 박팽년, 이개, 하위지 등 낯익은 집현전 학사들의 모습도 보였다.

안방에는 세종이 누워 있고 세자와 세손이 임종을 지키고 있었다. 그 뒤로 수양대군과 안평대군, 그 외의 왕자들과 비빈들이 시립했다.

"세자…!"

세종이 힘없는 눈으로 세자를 올려다보았다.

"예, 아바마마!"

"미안하구나."

"어찌 그런 말씀을…."

부왕과 함께 병을 앓고 있어 핼쑥한 세자가 목이 메어 말을 잇지 못했다.

"네게도 어린 세손에게도 그리고 가엾은 백성들에게도…."

"곧 쾌차하실 것이옵니다. 힘을 내시옵소서."

"아니다. 피곤하구나."

세종이 세손을 향해 손을 뻗었다.

"할바마마!"

세손이 눈물을 흘리며 세종의 손을 잡았다.

세종이 세자와 세손을 물끄러미 올려보다가 조용히 눈을 감으며 고개를 옆으로 떨궜다. 세자와 세손의 울음이 터지며 왕자들과 비빈들의 울음소리가 방안으로 차올랐다. 마당에서도 일제히 대소신료들의 울음이 터졌다.

태종의 셋째아들로 태어나 형 양녕대군 대신 세자를 이어받아 보위에 오른 후 대외적으로 야인을 정벌하며 북방 영토를 확장하고 안으로는 집현전을 통해 문화의 시대를 열었던 조선 4대 임금 세종은 이렇게 세상을 떴다.

향년 53세. 재위 32년. 임신년 2월 17일의 일이었다.

11-3

상복 차림의 대소 신료들이 입궐해 편전에 시립했다.

"대행대왕의 묘호를 세종으로 하자는 의견이 올라왔소. 이에 대해 다른 의견이 있으시오?"

문종은 즉위 후 첫 정사를 선왕의 묘호를 정하는 일로 시작했다.

정인지가 앞으로 나섰다.

"신 공조판서 정인지 아뢰옵니다. 대행대왕께서는 개국이나 중흥을 하신 임금이 아니므로 세종이란 묘호는 합당치 않사옵니다. 학문을 진작시키셨으니 문종으로 하심이 좋을까 하옵니다."

"또 다른 의견은 없으시오?"

문종이 못마땅한 기색을 감추며 말했다.

김종서가 앞으로 나섰다.

"신 우찬성 김종서 아뢰나이다. 대행대왕께서는 북방 영토를 개척하고 확장한 공로가 크신바 세종이란 묘호가 가할 것으로 사료되옵니다."

"예조판서 말씀해 보시오."

문종이 예조판서 허후의 의견을 구했다. 허후가 앞으로 나섰다.

"개국이나 중흥이 아니라는 공조판서의 말도 맞고 영토를 확장한 공로가 크다는 우찬성의 말도 맞습니다."

벌써부터 눈치들을 보려는 건가.

문종이 얼굴이 찌푸려지는 걸 간신히 참으며 대소 신료들을 두루 살폈다. 성삼문이 앞으로 나섰다.

"신 집현전 직전 성삼문 삼가 아뢰옵니다.

문종이 살짝 반가운 표정을 짓는데 정인지가 성삼문을 째려보았다.

"대행대왕께서는 30년 넘는 재위 기간 동안 학문을 진작하고 문예를 부흥시키셨음은 물론 국토를 크게 넓히셨으니 그 업적이 새로 개국한 것과 다름없고 글자를 만들고 농서를 편찬하여 백성들의 뜻을 펴게 하고 삶을 풍요롭게 하셨으니 어찌 중흥이란 말이 가당치 않겠습니까. 더불어 금상으로 하여금 보위를 잇게 하여 장자 세습의 기틀을 세우시고 종사의 미래를 굳건하게 하셨으니 가히 세종이란 묘호가 마땅하고도 남음이 있는 줄로 아뢰옵니다.

"성 직전의 말이 가히 옳습니다."

하위지가 성삼문에 동조했다.

"그러하옵니다. 전하."

이개와 박팽년도 성삼문을 거들고 나섰다.

"과인의 생각도 다르지 않소. 대행대왕의 묘호를 세종으로 하도록
하시오."

문종이 대신들을 보며 논의를 끝냈다.

신숙주와 함께 편전을 나오며 정인지가 불편한 심기를 드러냈다.

"벌써 저네들의 세상이 된 듯 하는구나."

대꾸를 하지 않았지만 신숙주의 표정도 다르지 않다.

11-4

늦은 시각, 강녕전에서 성삼문과 박팽년, 이개와 유성원이 문종을
알현하고 있었다. 상복 차림의 문종은 피곤이 가득한 얼굴이었다. 서
안엔 못다 본 서류들이 잔득 쌓여 있었다.

"인수는 세자강서원의 보덕을, 백고는 문학을, 태초는 사경을 맡아
세자 교육에 한 치의 부족함이 없도록 해다오."

문종이 박팽년과 이개, 유성원을 번갈아 보며 말했다.

"명 받자와 성심을 다하겠나이다."

박팽년과 이개 유성원이 엎드려 고개 숙이며 답했다. 인수는 박팽년의, 백고는 이개의, 태초는 유성원의 호였다.

"그대들은 이 나라 최고의 학자인즉 내 그대들에 의지하여 따로 세자의 교육 걱정은 하지 않겠노라."

"망극하옵니다. 전하."

박팽년과 이개, 유성원이 다시 고개를 숙였다.

"유 태초!"

문종이 유성원을 불렀다.

"예, 전하."

"세자는 어미도 형제도 없는 외로운 아이다. 유 태초는 세 스승 중에서도 가장 젊으니 친형이 동생 보살피듯 세자를 보살펴다오."

"망극하옵니다. 전하."

유성원이 엎드려 고개를 숙였다.

"근보!"

문종이 성삼문에게로 고개를 돌렸다.

"예, 전하!"

"명나라에 좀 다녀오거라."

"예, 전하."

"부친을 정조사로 임명할 테니 모시고 가서 양국의 관계를 돈독히 하고자 하는 내 뜻을 전하고 필요한 문물과 제도를 수집해 오라."

"명 받잡겠사옵니다. 전하."

성삼문이 엎드려 고개를 숙였다.

"내가 보위를 잇고 처음 가는 정조사이니만큼 임무가 막중하다."

"성심을 다하겠사옵니다. 전하. 그보다 일을 줄이시고 매일 일찍 침수 드소서. 이제 전하는 세자 저하의 아버지일 뿐만 아니라 만백성의 어버이십니다. 옥체를 보존하셔야 하옵니다."

"그래, 알았다."

성삼문을 바라보는 문종의 눈길이 따뜻했다.

11-5

문종이 편전에서 장계를 읽고 있는데 도승지 이계전이 들어왔다.

"전하, 사헌부 장령 신숙주가 뵙기를 청하옵니다."

"들라 하라."

문종이 고개를 들지 않은 채 대답했다.

이어 신숙주가 들어왔다.

"전하, 사헌부 장령 신숙주 들었사옵니다."

도승지가 아뢰었다. 그제야 문종이 고개를 들었다.

"오, 신 장령! 무슨 일인가?"

"예, 전하. 신 신숙주 집현전 직전 성삼문이 명나라로 떠난다는 소

식을 들었기로 음운에 대해 명나라에 질문할 사목을 아뢰고자 하옵
니다."

신숙주가 허리 굽혀 고했다.

"음운에 대한 질문이라…. 두 나라 모두 황제와 임금이 바뀐 이 시
기에 그게 그리 시급한 일인가?"

신숙주는 당황했다. 임금의 표정이나 목소리는 부드러웠지만 어쩐
지 자신과 거리를 두고 있는 게 느껴졌던 것이다.

"꼭 그렇진 않사옵니다만…."

"내 생각으로 비록 중국이라 할지라도 예겸이나 황찬 같은 학자는
드물 것이다. 그리고 성삼문이 입조하니 알아서 하지 않겠느냐. 그러
니 너무 걱정하지 말라."

성삼문에게 맡기라는 말이었다. 신숙주는 더 이상 할 말이 없었다.

"예, 전하."

편전을 나오는 신숙주는 풀이 죽고 의기소침한 얼굴이었다. 그럴
수밖에 없는 것이 자신을 대하는 임금의 태도가 너무 의례적이고 형
식적이었던 것이다. 그것은 차라리 냉정한 것만 못했다.

"이보시게!"

근정전 뒤뜰까지 걸었을 때 뒤에서 누가 불렀다. 돌아다보니 수양
대군이었다.

"범옹 아니신가?"

수양대군이 다가오며 반가운 얼굴을 했다.

"대군 나리!"

"편전에서 나오는 걸 보니 전하를 뵙고 오는 모양이군?"

"예, 나리."

"그렇잖아도 한번 볼까 했는데 잘 됐네. 어디 가서 얘기 좀 나눌까?"

"그러시지요."

두 사람은 궐내 한 전각에 들어가 앉았다. 수양대군이 입궐하면 휴식을 취하는 전각이었다.

"지난 번 중시에서 범옹이 쓴 답안이 인재를 널리 구해 써야 한다는 거였지?"

수양대군이 대뜸 중시 얘길 꺼냈다.

"그래서 4등을 했사옵니다."

"그거야 답을 읽은 시관들의 생각이 달랐던 거지, 범옹의 생각이 틀렸던 건 아니잖은가."

수양대군은 뭔가 중요한 얘길 앞두고 변죽을 울리고 있었다.

"글쎄요…."

"참으로 이 시기엔 인재를 널리 구해야 한다는 범옹의 말이 가슴에 와 닿네."

"예…."

"이번 과거에 범옹이 시관을 맡게 됐다고 들었네."

수양대군이 의미심장한 미소를 지으며 물었다.

"뜻밖에 교지를 받았사옵니다."

수양대군이 품속에서 이름이 적힌 종이를 꺼내 신숙주에게 내밀었다.

"이 사람을 주목해주게. 범옹도 모르는 이름은 아닐 걸세."

"어릴 적 친구이옵니다. 아버님끼리도 아시던 사이였고…."

신숙주가 종이에 적힌 이름을 보며 대답했다. 종이에 적힌 권람은 어릴 적에 한동네에 살았었다. 그리고 권람의 부친 권제는 세상을 뜬 신숙주의 부친 신장과 집현전 시절 친구였다.

"이 시기에 꼭 필요한 아주 유능한 인물이네. 상시관인 우상에겐 내가 따로 이야기를 해 놓을 걸세."

수양대군이 한 손으로 신숙주의 손등을 가볍게 두드렸다. 신숙주는 복잡한 심정이 되었다.

12. 악인 출현

12-1

"일찍 입궐하시는군요."

하위지가 근정문을 통과해 입궐하는데 뒤쪽에서 권람이 쪼르르 달려와 머리를 숙이며 인사를 했다.

"누구신가?"

하위지가 알면서 물었다.

"소생 이번에 급제하여 출사한 권람이라고 하옵니다. 찬성사(贊成事) 길창부원군(吉昌君)이 제 할아버님 되시고 우찬성(右贊成)을 지낸 권자 제자, 권제가 아버님 됩지요."

"그런가? 급제가 늦은 것 같구먼. 몇 살인가?"

"서른다섯입니다."

"서른다섯에 옆문으로 출사라. 공부할 머리는 못 되었던가 보군."

하위지가 슬쩍 썹었다.

"하공께서 많이 지도 편달해주십시오."

"금방 하공이라 했나?"

하위지의 목소리에 살짝 힘이 들어갔다.

"예⋯."

달라진 하위지의 분위기에 권람이 움찔했다.

"따라오라!"

하위지가 앞장서 걷고 그 뒤를 권람이 따랐다. 한 전각 뒤편 후미진 곳에서 하위지가 멈춰 섰다. 그리고 냅다 권람의 뺨을 후려갈겼다. 권람이 그 자리에서 픽 쓰러졌다.

"야, 이 씹새야. 하공이라니? 너보다 네 살이나 많고 12년이나 먼저 벼슬을 시작한 내가 네 친구냐?"

권람을 내려다보며 하위지가 호통을 쳤다.

"소, 송구하옵니다."

권람이 땅바닥에 머리를 박으며 손이 발이 되도록 빌었다.

"내 너에 대해 이미 들은 바 있다. 재주도 없는 놈이 권력자 옆구리를 찔러 궐로 들어왔으면 근신하며 조심 또 조심해야 하거늘, 얻다 대고 하공이라니."

그러면서 하위지가 엎어져 있는 권람의 옆구리를 걷어찼다.

"아이쿠, 장령 나리!"

"내 경고하건대 한 번만 더 내 눈앞에서 깝작대면 그땐 멱을 따버릴 것이다. 알아들었냐, 좆만아!"

그리고는 다시 세차게 걷어찼다.

"아이쿠, 예, 예…."

권람이 바닥으로 뒹굴며 비명을 질렀다.

12-2

"저하. 『대학연의』는 읽으실 만하옵니까?"

박팽년이 책을 덮으며 물었다.

박팽년과 이개, 유성원이 세자강서원에서 세자를 가르치고 있는 중이었다.

"너무 재미있어요. 직제학 박 보덕께서 자상하게 설명해 주시니 귀에 쏙쏙 들어옵니다."

세자가 밝은 표정으로 대답했다.

"승하하신 세종대왕과 금상께서 왕자 시절 즐겨 읽으셨던 책입니다. 저하께서도 이토록 이해가 빠르시니 저희들의 기쁨과 보람이 크옵니다.”

“오늘 오전 강론은 이만 파하도록 하지요.”

이개가 세자의 표정을 살피며 서연을 마치려 했다.

“유 사경께선 좀 더 계시다 가시면 안 되나요?”

세자가 아쉽다는 듯 유성원과 눈을 맞췄다. 유성원이 가볍게 웃으
며 대답했다.

“공부도 쉬어가면서 하셔야 합니다. 잠시만 쉬시옵소서. 오후에 또
들르겠사옵니다.”

“그리 하지요.”

세자가 할 수 없다는 듯이 단념했다.

세 사람은 세자에게 절하고 세자강서원을 물러나왔다.

“세자 저하께서 저리 영명하시니 참 다행일세.”

박팽년이 흐뭇한 표정을 지으며 말하자

“그러게 말일세.”

이개도 동감을 표시하며 고개를 끄덕였다.

“그런데 권람의 장원급제를 어떻게 이해해야 하나?”

박팽년이 권람 얘기를 꺼냈다.

“들리는 얘기론 4등 한 걸 수양대군이 장원으로 상시관인 우상에
게 밀어붙였답니다.”

유성원이 들은 얘기를 전했다.

“정승 세 분이 모두 어질기만 해서 큰일이군.”

이개가 걱정스런 얼굴을 했다.

"그 자리에 김종서 대감 같은 분이 한 분이라도 계셨으면 좋으련만…."

박팽년이 짧은 한숨을 뱉자,

"난 권람이 4등 했다는 것부터가 이해하기 어렵네.

이개가 고개를 가로저었다.

"그자를 4등으로 뽑은 건 신숙주야."

"숙주는 무슨 생각으로 그랬을까?"

"숙주를 시관으로 추천한 것도 수양대군이라는 얘기가 있어."

"수양대군은 궐 출입이 왜 그리 잦지?"

"전하께서 병요 편찬 책임을 맡긴 일을 핑계로 무시로 드나들고 있습니다."

유성원이 말했다. 젊은 친구라 궐내를 잘 돌아다니는지 이곳저곳에서 들은 얘기가 많은 것 같았다.

"병요는 전하께서 친히 쓰시고 우리가 정리하고 있는데, 자기가 뭐 하는 게 있다고…."

이개가 코웃음을 쳤다.

"삼문이 없는 사이 골치 아픈 일이 생겼군."

박팽년이 이번에는 짙은 한숨을 길게 내쉬었다.

12-3

이날 문종은 성삼문의 귀국보고도 들을 겸 김종서와 이개, 박팽년, 하위지, 유성원, 이현로 등을 늦은 시간 강녕전으로 불렀다.

"먼 길 다녀오느라 애썼다. 근보."

문종이 사행을 마치고 돌아온 성삼문을 치하했다

"아니옵니다. 전하. 옥체는 어떠하시온지요?"

성삼문이 여쭈었다. 임금은 떠날 때보다 더욱 초췌하고 힘들어 보였다. 격무를 줄이지 못하는 데다 상중(喪中)에 섭생을 소홀히 한 때문일 터였다.

"괜찮다. 걱정 말라. 그보다 근보와 인수 두 사람은 경연에 참석하여 가까이서 나를 보좌해다오."

문종이 성삼문과 박팽년을 번갈아보며 말했다.

"예, 전하. 명 받잡겠사옵니다."

성삼문과 박팽년이 고개 숙여 대답했다. 11년 전 부왕 세종이 중단했던 경연을 재개하면서 문종이 두 사람을 경연관으로 들이겠다는 것은 친정 체제를 강화하겠다는 뜻을 공개적으로 천명하려는 것이었다.

"단계와 백고, 태초는 사헌부와 사간원을 잘 단속하라."

"예, 전하! 명 받잡겠나이다."

하위지와 이개, 유성원이 고개를 숙여 대답했다.

문종이 잠시 사이를 두고 김종서에게 의중을 밝혔다.

"영의정 하연 대감이 고령으로 사직을 청했소. 내 이를 가납하고 좌찬성 대감에게 우의정을 맡길까 하오."

문종은 좌의정 황보인을 영의정으로, 안령대군의 장자 우직의 장인인 우의정 남지를 좌의정으로 승진시키면서 의정부를 우의정 김종서로 하여금 이끌어가게 하려는 것이었다. 연로한 하연이 계속 영의정으로 있으면 유사시에 수양대군을 제압할 수 없으리라 생각했기 때문이었다.

"신 김종서 명 받잡겠사옵니다. 전하."

김종서가 고개 숙여 대답했다. 문종이 천천히 좌중을 둘러보고 나서 물었다.

"내 뜻을 알겠는가?"

"좌찬성 대감이 의정부의 중심이 되면 국정을 농단하려는 세력들이 딴 마음을 품기 어려울 것이옵니다."

박팽년이 동료들의 이심전심을 대신해서 아뢰었다. 고개를 끄덕이며 문종이 이현로에게 물었다.

"무계동의 공사는 잘 되어 가는가?"

"예, 전하. 경계를 삼엄하게 하며 짓고 있습니다.

"주변의 눈치 볼 것 없다. 서둘러 속히 완공토록 하라."

문종이 단호한 의지를 드러냈다.

"예, 전하."

194

12-4

"김종서를 우의정에 앉힌 주상의 의도를 짐작하겠는가?"

정인지가 물었다.

"예, 스승님."

신숙주가 대답했다.

정인지의 집. 사랑에서 두 사람은 은밀한 얘기를 나누고 있었다.

아침 상참에서 임금이 인사를 발표했다. 어느 정도 예견된 인사였지만 의외로 시기가 빨랐다. 특히 김종서를 전격 우의정에 기용한 것은 정인지로선 그냥 무심히 넘길 수가 없었다. 그래서 신숙주에게 퇴궐 후 들르라고 했던 것이다.

"영의정과 좌의정은 허수아비다. 즉, 김종서에게 힘을 실어주면서 수양대군을 견제하려는 거다."

"저도 그렇게 생각하고 있습니다."

"이 상황에 어떤 변화가 없으면 조정은 결국 김종서와 성삼문의 수중에 들어간다."

전인지의 미간에 깊은 주름이 패었다.

"수양대군 나리도 가만있진 않을 겁니다."

"그럴까?"

확신에 찬 어조로 말하는 제자를 보며 정인지는 적이 안도하는 마음이 되었다.

12-5

　수양대군이 산해진미 가득한 상을 사이에 두고 한명회와 마주 앉았다. 수양대군이 한명회의 잔을 채웠다. 경덕궁 궁지기와 임금의 첫째 동생. 결코 함께 마주앉을 사이가 아니었다. 그러나 모처럼 용기를 내어 찾아온 손님에 대한 배려는 장차 큰일을 도모할 대장부의 도리라고 생각하면서 수양대군은 고개를 돌리고 술잔을 비우고 있는 한명회를 지긋한 미소를 띤 채 바라보았다. 술잔을 비운 한명회가 무릎을 꿇고 병을 들어 수양대군에게 술을 따랐다.

　"그래, 나를 돕겠다는 이유가 뭔가?"

　술잔을 받으며 수양대군이 물었다.

　"부귀영화를 누리고 싶어서입니다."

　한명회가 단도직입적으로, 그리고 노골적으로 대답했다. 수양대군이 웃음을 터뜨렸다.

　"부귀영화를 누리고 싶다? 거, 솔직해서 좋군."

　"소생의 공부머리로 출세는 난망입니다. 허나, 나리께서 천하의 주인이 되시면 제게 부귀영화는 저절로 따라오겠지요."

　"그래서 나를 천하의 주인으로 만들어보겠다?"

　"지금처럼 잘난 놈들만 출세하는 세상이 살맛나는 세상이겠습니까."

　고놈 참!

　수양대군은 한명회란 인간이 묘한 소리를 한다고 생각했다. 제 녀석이 잘난 놈이 아니라는 건 알겠는데 그렇다면 자신은 뭐란 말인가. 그냥 더 들어보기로 했다.

"그렇다고 내가 무슨 수로 천하의 주인이 되겠나?"

"나리께선 이미 권람을 장원급제시키셨습니다."

"그 정도의 힘이야 있지, 내게도."

"그 정도의 힘만 있으면 충분합니다."

"그럼 자네도 한자리 만들어줄까? 일을 할 수 있게."

그러자 한명회가 고개를 들어 수양대군을 똑바로 쳐다보았다. 자신감이 있어 보이기도 하고 당돌해 보이기도 한 눈빛이었다.

"아직은 소생이 전면에 나설 때가 아니옵니다. 대신 나리께서 먼저 해주셔야 할 일이 있습니다."

"그래, 한번 들어보세. 천하의 주인이 되기 위해서 내가 해야 할 일이란 게 뭔가?"

재밌다는 생각이 들어 수양대군이 물었다.

"첫째, 신숙주를 우군으로 만들어주십시오."

"신숙주를?"

수양대군이 되물었다. 한명회의 얘기는 조금 뜻밖이었지만 어느 정도 생각해볼 수 있는 것이기도 했다.

"신숙주를 얻는다면 집현전 학사들 절반은 나리 편으로 돌릴 수 있습니다."

그것은 신숙주를 생각하면 당연한 얘기였다.

"그건 어렵지 않지. 또?"

"둘째, 이현로를 제거하여 주십시오."

이것 봐라. 이건 제법 뜻밖인데.

"이현로가 그렇게 대단한 인물인가?"

"학문에 있어 성삼문이 천재라면 책략가로서 이현로가 그러합지요. 신숙주에게 성삼문이 그렇듯 소생이 이현로를 제거하고 싶은 이유입니다."

순간적으로 수양대군은 한명회가 의외로 물건일지도 모른다는 생각을 했다. 다른 것도 아닌 신숙주의 내심을 꿰뚫고 있었던 것이다. 자신만 알고 있다고 자부했던 그 내심을.

"알겠네. 무슨 말인지."

녀석의 말은 2등이 1등을 치고 그 자리를 차지하자는 뜻이었다. 그 말을 어려운 자리에 찾아와서 서슴지 않고 내뱉는 녀석은 기이하게 생긴 외모 이상으로 교활한 데가 있었다.

한명회를 다시 보는 마음으로 유심히 바라보며 수양대군이 고개를 끄덕였다.

"그리고 제 청도 하나 들어주십시오."

"청이라…. 말해보라."

"신숙주에겐 아들이 있습니다. 그리고 소생에겐 비슷한 또래의 여식이 있습죠."

이놈 봐라. 이거 정말 물건이군.

수양대군은 허를 찔리며 한 대 얻어맞는 기분이었다. 그러나 한명회의 제의는 자신에게도 결코 나쁘지 않은 얘기였다.

"그러니까 사돈을 맺게 해 달라는 거지? 일거에 신숙주와 같은 반열에 오를 수 있게?"

수양대군이 빙긋이 웃었다.

"그러면 소생은 신숙주와 동지로서 나리를 평생 주군으로 모시겠사옵니다."

수양대군의 웃음을 승낙으로 알아차린 한명회가 자리에서 벌떡 일어나 수양대군에게 큰절을 올렸다.

13. 눈보라 매서운 겨울이 지났는데

13-1

신미년(1451년) 겨울의 밤은 차갑고 눈보라가 매서웠다.

문종이 성삼문과 박팽년, 이개, 하위지, 신숙주, 유성원 등 평소 가까웠던 집현전 전현직 학사들을 강녕전으로 불렀다. 어탑에서 내려와 평좌에 앉은 문종의 옆에는 11살의 세자가 앉아 있었다.

"그대들을 보니 돌아가신 아바마마가 새삼 그립구나. 생전에 영릉께서 그대들을 얼마나 어여삐 여기며 자랑스러워 하셨는지…. 그리고 아끼셨는지…."

문종이 부왕을 회고하며 참석자 모두에게 일일이 술을 따랐다.

"영릉 전하를 생각하면 신들이 좀 더 제대로 보필해드리지 못한 게 죄스러울 따름입니다."

하위지가 애써 감정을 추스르며 말했다. 그것은 참석자 모두의 생각일 터였다.

"나 또한 성균관 시절부터 그대들을 동생처럼 생각했다."

"성은이 망극하옵니다."

학사들을 대신하여 박팽년이 고개를 숙여 예를 표했다.

"자, 들라. 어서들!"

문종이 권하자 참석자들이 고개를 돌려 잔을 비웠다.

당신에게 다가올지도 모를 어떤 좋지 않은 상황을 예감하고 계시는 걸까.

병색이 완연한 문종을 바라보며 성삼문은 가슴이 미어지는 것 같았다.

임금이 오늘 학사들을 부른 건 뭔가 심각한 얘기를 하려는 게 분명했다. 세자 시절부터 격무에 시달렸던 임금은 보위에 오른 후로도 일을 손에서 놓지 않았다. 그것은 성삼문이 보기에 마치 작정하고 죽음과 한 번 대적해보겠다는 모습과도 같았다.

학사들이 잔을 비우자 문종이 다시 일일이 잔을 채워주었다.

"자, 다들 마음껏 들어라. 다시 이런 자리가 있겠느냐."

"아니옵니다. 전하. 곧 쾌차하시어 소신들과 함께 봄 들판에 흐드러진 꽃구경을 하실 수 있을 것이옵니다."

자꾸 비감해지는 분위기를 바꿔볼 양으로 성삼문이 터져 나오려는 울음을 삼키며 말했다. 문종이 성삼문을 바라보며 힘없이 웃었다.

"그래, 그래야지. 아무렴."

문종이 자신에게 스스로 다짐하듯 고개를 끄덕였다. 그리고는 다시 참석자들에게 술을 권하고 수시로 빈 잔을 채워주었다.

"내 그대들을 동생처럼 생각하듯이 세자 또한 그대들을 숙부처럼 생각할 것이다."

참석자들이 몇 차례 잔을 비우자 문종이 옆자리의 세자를 한번 돌아보고 나서 말했다.

"망극하옵니다. 전하!"

참석자들이 당황하여 허리를 굽혀 고개를 숙였다.

"세자야. 앞에 계신 분들에게 술 한 잔 씩 따라 올리거라."

"아니옵니다. 전하."

참석자들이 일제히 사양했다. 문종이 고개를 저었다.

"아니다. 그대들은 장차 내 뒤를 이어 보위에 오를 세자를 보필할 사람들 아닌가. 어찌 오늘 이 술 한 잔이 과하겠느냐. 세자야, 어서!"

문종이 세자를 채근했다. 세자가 서툰 자세로 술을 따르고 참석자들이 꿇어앉아 잔을 받았다. 유성원에게 술을 따르면서 세자가 친근한 눈빛을 교환했다. 신숙주도 떨리는 손으로 잔을 받았다. 참석자들이 고개를 돌려 잔을 비웠다.

문종이 문 쪽으로 눈을 주었다. 문 밖에서 겨울 나뭇가지를 훑고 지나가는 세찬 밤바람 소리가 을씨년스러웠다. 문종의 얼굴에 쓸쓸한 빛이 드리워졌다.

문종이 계속해서 술을 권하면서 시간이 흐르고 마침내 참석자들이 인사불성이 되어 하나둘씩 자리에서 쓰러졌다.

이어 내관들이 문짝을 들고 와서 한 사람씩 실어 집현전 입직청으로 옮겼다.

입직청까지 따라온 문종이 잠든 채 보료에 누워 있는 학사들을 내려다보았다. 그리고 내관으로부터 이불을 받아 한 사람씩 일일이 덮어주었다.

"이게 무슨 향기인가?"

눈을 뜨고 자리에서 일어나며 성삼문이 혼잣말처럼 중얼거렸다. 머리가 깨질 듯이 아팠다. 흐릿한 정신으로 주위를 둘러보니 전날 강녕전 술자리에 참석했던 학사들이 보료 위에 누운 채 잠들어 있었다.

불충이다. 임금 앞에서 술에 곤죽이 돼 고꾸라지다니.

성삼문이 황망해 하는데 이개와 박팽년, 하위지, 유성원, 신숙주들도 일어났다.

"이게 무슨 향기지?"

잠이 덜 깬 얼굴로 박팽년이 코를 벌름거렸다.

"어, 이거 담비가죽 이불 아닌가?"

덮고 있는 이불을 내려다보며 이개가 소리쳤다.

"그래, 주상 전하께서 내리신 거다."

하위지가 감격에 찬 얼굴로 이개를 쳐다보았다.

"그런 것 같네요."

유성원이 죄스런 얼굴을 했다.

"주상 전하의 이 도타운 사랑에 우리는 어이해야 하나."

박팽년의 얼굴이 일그러지며 두 눈에 그렁그렁 눈물이 고였다.

"신명을 바쳐 보답해야겠지요."

유성원이 큭큭 소리 내어 흐느꼈다.

"옳은 말일세. 우리는 모두가 하나 되어 주상 전하의 사랑에 목숨을 걸고 충성으로 보답해야 할 걸세."

하위지가 한 손으로 유성원의 어깨를 감싸며 학사들을 돌아보았다.

성삼문과 이개도 조용히 눈물을 흘렸다. 신숙주의 표정은 곤혹스럽고 복잡해 보였다.

13-2

성삼문이 내의원에 들러 어의(御醫) 전순의를 찾았다. 임금의 병세에 대해 제대로 알고 싶어서였다. 내의원엔 유성원을 대동했다. 의학서

『의방유취』 편찬에 참여하는 등 유성원은 젊은 나이에도 불구하고 의술에 대한 지식이 많았다.

"어의 영감. 주상 전하의 기력이 날로 쇠미해지시는데 대체 무슨 까닭이오?"

성삼문이 전순의에게 물었다 전순의가 고개를 가로저었다.

"특별한 이상 증세는 없소."

"병색이 완연하신 걸 보면서도 그렇게 한가한 소리만 하고 계시면 어떡한단 말이오?"

전순의의 무덤덤한 태도에 성삼문이 닦달을 하듯 다그쳤다.

"등창으로 고생하고 계시긴 하지만 그건 오래 전부터 앓으시던 것이오."

그 말이 맞긴 했다. 등창은 세종뿐만 아니라 문종도 고생해온 질병이었다. 세종이 승하하기 전부터 문종은 운신이 불가능할 정도로 등창의 증세가 심각했다. 그래서 세종이 다시 정무를 친결할 수밖에 없었는데 그러다가 결국 과로로 쓰러져 승하했던 것이다.

그즈음 문종은 등창이 겨우 아물어가고 있었다. 그랬던 것이 부왕이 승하하고 초상을 치르는 사이 과로와 비통으로 다시 등창이 터지면서 거동이 불편하여 움직일 수 없게 되었다. 그리고 그런 상황이 즉위 이래 몇 차례 반복되면서 증상은 점점 더 악화되어 갔다.

"그렇다 하더라도 무슨 대책을 세워야 하잖겠소?"

"나라고 무슨 특별한 비방이 있겠소."

여전히 전순의가 시큰둥한 얼굴로 한숨을 내쉬었다.

"영감께선 어의시잖소?"

"어의라고 죽은 사람을 살릴 재주는 없소."

"무슨 말씀을 그렇게 하시오? 주상 전하께옵서 돌아가시기라도 할 분처럼."

성삼문이 언성을 높였다.

"말이 그렇다는 거요."

전순의가 자신의 불경을 얼버무렸다. 성삼문이 전순의를 다독였다.

"종기에 몸을 움직이는 건 금기라고 들었소. 그렇다면 밤에 신료들을 접견하는 일을 삼가고 정사 보시는 시간도 줄인다든지 무슨 대책을 세워야 하지 않겠소?"

"워낙 일에 몰두하시느라 내 말을 들으시지 않소."

그 말도 틀리진 않을 것이다. 전순의 아닌 성삼문 자신이 진언한다 해도 전적으로 가납할 임금이 아니었다.

"그리고 등창에 꿩고기가 웬 말이오. 꿩은 독성이 강한 풀인 반하를 즐기는 동물 아니오?"

"꿩고긴 주상 전하께서 즐기시는 음식이라…."

"그걸 말씀이라고 하시오? 말리셔야지."

성삼문이 울컥 치미는 화를 간신히 삼켰다.

"모든 의서를 상고해서라도 합당한 치료법을 찾아야 하지 않겠습니까?"

전순의의 무책임한 모습을 보다 못한 유성원이 답답한 듯 말했다.

"자넨 내가 마냥 손 놓고 있는 줄 아닌가?"

전순의가 유성원을 향해 버럭 소리를 질렀다. 성삼문에게 닦인 걸 분풀이하기라도 하듯.

두 사람은 내의원을 나왔다.

"어의 영감의 태도가 이상하지 않습니까?"

궐을 나서며 유성원이 물었다.

"태초도 그렇게 보았나?"

"주상 전하의 병에 대한 말이야 맞는지 모르겠지만 어쩨 걱정하는 빛이 없잖습니까?"

"글쎄…."

성삼문도 유성원의 생각을 부정하지는 못했다.

13-3

인왕산 자락의 한 가옥.

구석진 한쪽 방에서 권람이 어의 전순의와 밀담을 나누고 있었다.

"잘 하셨소."

권람이 득의에 찬 눈으로 전순의를 바라보았다. 전순의는 대꾸하지 않았다. 이럴 땐 입을 쉽게 놀려서는 안 된다는 사실을 잘 알고 있었던 것이다.

"어차피 주상 전하의 변고가 기정사실로, 다만 시기의 문제라면 어의 영감은 더 이상 손을 쓰실 필요가 없소."

전순의는 대답 대신 방 밖의 동정에 귀를 기울였다.

무슨 집인가, 이 집은.

성삼문이 내의원을 나가고 난 후 전순의는 권람이 보낸 사람을 따라 이곳으로 왔다. 인왕산 깊숙이 이런 큰 집이 있는 줄도 몰랐지만 더욱 놀라운 것은 집안에 득실거리는 장정들이었다. 장사들로 보이는 장정들은 분주히 집안 이곳저곳을 왔다 갔다 하면서 뭔가 불길하고도 흉흉한 분위기를 자아내고 있었다.

소문이 사실이란 말인가.

전순의는 자신에게 되뇌었다. 그것은 의문이 아니라 확신이었다.

소문은 오래 전부터 있었다. 경복궁 자리가 약산 좌청룡보다 인왕산 우백호의 기(氣)가 세다는. 그래서 왕실의 장자 승계가 이루어지지 않았고 앞으로도 그럴 거라는. 그리고 그 소문은 최근 들어 더욱 구체화되고 있었다. 세종이 말년부터 건강이 악화되고 장자인 세자의 건강 역시 불확실해지면서 수양대군이 야욕을 품기 시작했고 그 소문을 현실화시키고 있다는 얘기였다. 예컨대, 수양대군이 사람을 풀어 그 소문을 확산시키고 또 다른 한편으론 소문을 퍼뜨린 자들을 제거하고 있다는 식의 내용이었다. 말하자면, 어떤 식으로든 소문이 사람들의 입에 회자되기를 노리는 술책이었다.

그런데 그 기가 세다는 인왕산 자락에 이런 큰 집이 있고 무언가 일을 꾸미려는 듯 장정들이 모여 있는 것이다. 전순의는 수양대군의 의도와 의지를 확신할 수밖에 없었다.

"영감은 우릴 믿으시오."

"무슨 말씀이오?"

전순의가 처음으로 입을 열었다.

"어떤 경우든 주상 전하에게 변고가 생기면 어의 영감은 그 책임을 면할 수 없소. 그때 어의 영감을 지켜줄 사람은 수양대군 나리밖에 없다는 말이오."

권람의 그 말은 경우에 따라 반대로 자기들이 어의의 책임을 물을 수도 있다는 것으로 들렸다. 어떡해야 할지 전순의는 갈피를 잡을 수가 없었다.

"걱정 마시오, 어의 영감! 우리가 어의 영감을 버리는 일은 결코 없을 것이오."

"그 말을 어떻게 믿소?"

반신반의하는 전순의를 향해 권람이 씨익 웃었다.

"지금 이 나라에서 종기를 가장 잘 치료할 수 있는 사람이 누구요? 영감 아니오? 그리고 그런 사람이라면 우리도 필요하지 않겠소? 말하자면 우린 한편이란 말이오."

전순의는 섬뜩했다. 그러면서도 권람의 그 말이 충분히 설득력이 있어 적이 안심이 되기도 했다. 종기는 세종과 문종에게만 발병하는 것은 아닐 테니까.

그런 전순의에게 권람이 넌지시 은괴가 담긴 상자를 내밀었다.

13-4

화창한 봄날. 난분분 꽃가루 날리는 강녕전 뜰 나뭇가지마다 내려 앉은 햇살이 눈부셨다.

그런데 강녕전 임금의 침소엔 임종을 앞둔 문종이 자리에 누워 있었다. 그 앞에 어린 세자와 김종서를 비롯한 3정승이 앉아 문종의 임종을 지켰다.

강녕전 뜰엔 수양대군과 안평대군을 비롯한 종친들과 대소 신료들, 성삼문을 비롯한 집현전 학사들이 임금의 침소 쪽으로 무릎을 꿇고 앉아 대기했다.

자리에 누운 채 힘없는 눈으로 3정승을 올려다보던 문종이 김종서를 향해 들릴 듯 말 듯한 소리로 말했다.

"절제 대감, 세자를 잘 부탁하오."

"전하, 성심을 굳건히 하소서. 반드시 쾌차하실 것이옵니다."

노신(老臣) 김종서가 의연한 모습을 유지하고자 애쓰며 문종을 위로했다. 문종이 천천히 고개를 가로저었다.

"아니오. 이젠 갈 때가 된 것 같소. 삼문이와 팽년이, 이개, 위지,

성원들이 힘이 되어 줄 것이오. 부디 어린 세자를 도와 영릉께서 반석에 올리신 조선을 천세만세 이어갈 나라로 만들어주시오."

"예, 전하…."

김종서가 울음을 참으며 대답했다.

문종이 세자와 김종서를 비롯한 3정승을 올려다보다가 잠시 후 고개를 반드시 하며 조용히 눈을 감았다. 향년 39세. 재위 2년 3개월.

세자와 김종서를 비롯한 3정승의 울음이 터지고 곧바로 종친과 집현전 학사들을 비롯한 대소 신료들의 통곡이 강녕전 뜰에 가득 차올랐다.

"전하, 종친을 밖에다 두고 어찌 대신들에게 고명을 내리신단 말입니까!"

수양대군이 포효하듯 울부짖었다.

그 뒤쪽에서 성삼문과 대소 신료들이 땅에 얼굴을 박고 격하게 흐느꼈다.

나흘 뒤 12살 어린 세자가 경복궁 근정문에서 즉위식을 올렸다. 조선 6대 임금 단종이었다.

문종의 죽음엔 백성들도 더 없이 슬퍼했다. 2년여 전 세종이 승하했을 때도 백성들은 몹시 슬퍼했으나 문종의 승하 때만큼은 아니었다. 동서고금을 통틀어 유례없는 성군이었지만 세종은 재위 기간이 비교적 길었고 생애 후반 잦은 병치레로 죽음이 어느 정도 예견되어 있었다. 게다가 세종 못지않은 성군의 자질을 지닌 세자가 있었다.

하지만 문종의 경우 재위 기간이 고작 2년 남짓인데다가 아직 세자가
어렸다. 거기에 더해 세자에겐 생모가 없었다. 세자의 생모인 문종의
세 번째 부인 권빈이 세자를 낳은 다음날 산욕으로 사망했던 것이다.
 이후 문종은 세자 시절은 물론이고 보위에 오르고서도 다시 빈이
나 비를 들이지 않았다. 그것은 조정에 다른 집안의 여자를 끌어들여
세자의 앞날을 위태롭게 할 수도 있는 우려를 차단하기 위해서였다.
그랬는데 문종이 너무 일찍 세상을 뜨면서 세자가 아직 어린 나이로
홀로 남겨지게 되었고 그런 세자가 가여워서 백성들은 문종의 죽음
이 더욱 더 슬플 수밖에 없었던 것이다.

14. 신숙주, 수양대군과 손을 잡다

14-1

단종이 친림한 가운데 수양대군과 안평대군 등 왕실 인사들과 영의정 황보인을 비롯한 몇몇 신료들이 새로 단장한 문종의 능인 현릉을 살펴보고 있었다. 현릉은 문종의 유지에 따라 이현로가 택지하고 축조의 책임을 맡아 몇 달에 걸쳐 공사를 진행한 끝에 완공된 것이었다. 그런데 모처럼의 임금의 능행에 눈길을 끈 것은 수양대군이 대동한 수하들의 위용이었다. 그 수가 지나치게 많았던 것이다.

"영상 대감. 단장한 능을 보시니 어떻습니까?"

이현로가 영의정에게 현릉에 대한 설명을 마치고 나서 물었다.

"자네가 애썼네. 승하하신 문종대왕께서도 편안해 하실 걸세."

성격 좋은 영의정이 만족스런 얼굴로 고개를 끄덕였다.

"어이, 이현로!"

그때였다. 두 사람 쪽을 향해 부르는 소리에 이현로가 고개를 돌렸다.

저쪽에서 수양대군이 건장한 체격의 임운을 대동하고 이현로에게 다가오고 있었다. 조금 떨어진 곳에서 단종과 안평대군이 이쪽을 지켜보았다.

"예, 나리."

이현로가 수양대군에게 허리를 굽혀 예를 올렸다.

"네가 요즘 헛소리를 하고 다닌다지?"

수양대군은 처음부터 아예 시비조였다.

"무슨 말씀이시온지…?"

이현로가 깜짝 놀라며 물었다.

"북악산 뒤에 궁을 짓지 않으면 정룡이 쇠하고 방룡이 승한다며?"

"그건 제가 한 말이 아니라 항간에 나도는 얘기를 전했을 뿐이지요."

"어쨌거나 큰아들이 쇠하고 작은아들이 승한다는 얘긴데 왕실의 골육 사이를 이간질하려는 얘기가 아니고 뭐냐?"

"그 얘긴 모두 스스로 행동을 조심하고 삼가라는 뜻이겠지요."

수양대군의 의도적인 어깃장을 간파한 이현로가 지지 않고 대꾸했다. 임금이 가까이 계시니 설마 불측한 행동이야 하겠냐는 생각까지 하면서.

"뭐라고, 이놈이?"

그러면서 수양대군이 뒤에 서 있는 임운을 돌아다보며 소리쳤다.

"이놈 혼을 내서 버르장머리를 고쳐 놔라!"

그러자 수양대군의 말이 떨어지기도 전에 임운이 앞으로 나서며 이현로를 향해 주먹을 날렸다. 그러나 이현로는 가볍게 그 주먹을 피하며 임운의 옆구리에 슬쩍 주먹을 찔러 넣었다. 임운이 그 자리에서 나자빠졌다. 임운은 곧바로 다시 일어나 씩씩거리며 주먹을 날렸다. 하지만 그 주먹이 이현로에게 닿을 새도 없이 이현로가 내지른 번개 같은 발길에 임운이 다시 나가떨어졌다.

"이 자식아. 내가 누군 줄 아느냐. 일찍이 식년시에 급제하고 5년 전에 정5품 병조정랑을 지낸 행 부사 이현로다. 어디 하찮은 일개 시정잡배가 무엄하게도 국록을 먹는 조신을 범하려 드느냐?"

이현로가 쓰러진 임운의 어깨를 한 발로 밟으며 일갈했다. 순간 수양대군이 이현로의 어깨를 움켜잡았다.

"그래, 병조좌랑을 지낸 행 부사가 임금의 숙부보다도 대단하단 말이지? 그렇다면 나하고 한 번 해볼까?"

"나리, 그게 무슨 말씀이시오?"

"그럴 자신이 없다면 납작 엎드리란 말이다."

수양대군이 저항할 수 없는 이현로의 어깨를 힘주어 눌렀다. 순간,

임운이 일어나 주먹으로 이현로의 얼굴을 세차게 후려갈겼다. 그 바람에 이현로가 땅바닥에 쓰러졌다. 동시에 수양대군의 다른 수하들이 달려들어 이현로에게 몰매를 가했다. 삽시간에 이현로는 피투성이가 되었다.

영의정이 황급히 수양대군을 가로막았다.

"대군 나리. 이 무슨 짓이오? 이현로는 선왕께서 친히 묘소를 돌봐 달라는 유훈을 내리신 신하요. 그리고 여긴 주상 전하께서 납시신 어전이오. 어찌 이러실 수 있단 말이오?"

영의정의 말에 수양대군이 킬킬 웃었다.

"선왕의 유훈을 받드는 신하라고요? 저놈은 안평의 집안 노비에 불과하오."

"과거에 급제하여 주상 전하께옵서 임명하신 조신을 노비라니요?"

수양대군의 행패를 지켜보면서 단종은 얼굴이 사색이 되었다. 곁에서 안평대군도 분노로 부들부들 떨었다.

수양대군이 안평대군을 지나쳐 단종 앞으로 다가가 의례적인 예를 표했다.

"전하! 저놈은 숙부와 조카 사이를 이간질하려는 놈이옵니다."

겁에 질린 단종은 수양대군의 말이 귀에 들어오지 않았다.

14-2

"들었나, 오늘 현릉에서의 일을?"

성삼문이 좌중을 둘러보며 물었다. 퇴궐에 앞서 박팽년, 이개, 하위지, 유성원, 신숙주 등 집현전 전현직 학사들을 모인 자리였다.

"다들 들어서 알고 있네."

박팽년이 무거운 표정으로 대답했다.

"어찌 생각하는가?"

"그 자리에 계셨던 유충하신 주상 전하께서 얼마나 놀라셨을까 생각만 해도 가슴이 서늘하네."

이개는 상상만으로도 아찔하다는 듯 분노의 감정을 드러냈다.

"그보다 수양대군의 만행을 어떡하면 좋을까요?"

성삼문이 하위지의 의견을 구했다.

"김종서 대감께서도 들으셨을 테니 의정부에서 무슨 조치가 있지 않겠나."

일단 하위지는 신중한 태도를 보였다.

"저는 수양대군의 행동이 뭔가 계산된 행동 같아 보입니다."

임금의 가장 가까운 스승이기도 한 유성원이 조심스럽게 자기 생각을 밝혔다.

"나도 그래."

성삼문이 고개를 끄덕이며 말이 없는 신숙주를 돌아다보았다.

"범옹은 어떻게 생각하나?"

"무얼 말인가?"

"수양대군의 막가는 행태 말일세."

박팽년과 이개, 하위지와 유성원이 대답을 기다리며 신숙주를 지켜보았다. 신숙주가 입을 열었다.

"글쎄…."

14-3

수양대군이 집으로 찾아온 한명회를 사랑방으로 들였다.

"잘 하셨습니다. 주군. 이현로를 혼냄으로써 안평대군의 기를 확 꺾으셨습니다. 이제 어느 누구도 함부로 주군에게 대적하려 들지 못할 것이옵니다. 어쩌면 주상 전하까지도 말씀입죠."

인사를 올린 후 한명회가 교활한 두 눈을 굴리며 목소리를 낮추어 말했다.

"하지만 김종서까지도 가만있을까?"

수양대군은 김종서가 신경이 쓰일 수밖에 없었다. 어쨌거나 김종서는 선왕의 유훈을 받은 고명대신이었다.

"이참에 사은사로 잠시 명나라를 다녀오시지요."

"명나라?"

"김종서가 시끄럽게 구는 걸 피할 겸 명나라 조정과 안면도 트시게요. 명나라도 황제의 아들 대신 동생이 새 황제로 등극한 만큼 주군에 대한 관심이 크지 않겠습니까?"

"그거 묘안이군."

수양대군이 고개를 끄덕였다.

"대신 김종서와 황보인의 아들들을 수행관으로 데리고 떠나십시오. 그러면 주군이 안 계신 동안에도 김종서가 의정부를 움직여 불측한 행동을 하지 못할 것이옵니다."

"과연 자넨 장자방에 비견할 만하군. 권람의 말대로."

수양대군이 의미심장한 눈길로 한명회를 바라보며 빙긋이 웃었다.

"과찬이시옵니다. 그리고 이번 기회에 신숙주도 끌어들이시지요."

"걱정 말게. 범옹은 내게 오게 돼 있네."

"예? 어떻게요…?"

한명회가 놀라 눈으로 수양대군을 쳐다보았다.

"나라고 생각 없이 마냥 놀고만 있겠나."

"아, 예. 나리!"

한명회가 황급히 머리를 조아렸다.

다음날 아침 일찍 수양대군이 집사를 불러 지시를 했다.

"조만간 직제학 신숙주가 이 근처를 지나갈 것이다. 지키고 있다가 얼른 모셔오너라."

"예, 나리."

집사가 허리를 굽혀 대답했다.

그날로 집사는 집 부근에 사람을 풀었다. 신숙주는 오후에 움직임이 포착되었다. 말을 타고 수양대군의 집 근처를 배회하는 신숙주는 착잡하고 고민이 많은 표정이었다. 집사는 곧바로 신숙주에게 다가가 수양대군에게로 인도했다.

술상을 앞에 두고 수양대군과 신숙주가 마주앉았다.

"어찌 오랜 친구의 집을 그냥 지나치려 하는가?"

수양대군이 신숙주에게 잔을 건네며 물었다. 고개를 돌려 잔을 비우고는 신숙주가 대답했다.

"다른 볼일이 있어 지나가던 길이옵니다. 그런데 제가 지나갈 걸 어떻게 아셨습니까?"

"그대를 보고 싶은 내 간절한 마음이 하늘에 통했나 보네그려."

수양대군이 너스레를 떨었다.

"별 말씀을…."

신숙주가 소리 없이 웃었다. 수양대군이 정색을 했다.

"범옹! 범옹은 작금의 정세를 어떻게 보는가?"

일정한 의도를 깔고 던지는 물음이었다. 그렇다면 그 의도에 맞게 대답해야 한다고 신숙주는 생각했다.

"저라고 여러 가지로 복잡한 마음이 없기야 하겠습니까."

"나도 선왕의 고명을 빙자한 김종서 대감이 지나치게 독주한다는 얘길 듣고 있네. 하지만 내가 보기엔 오히려 김종서는 극성스런 집현전 친구들의 꼭두각시 같은 느낌이 들어. 범옹 생각은 어떤가?"

수양대군은 김종서를 주적으로 지칭하면서도 전선(戰線)을 집현전으로까지 확대시켜 신숙주를 자극할 생각이었다. 그런 수양대군의 술수를 신숙주도 모르지 않았다. 물론 수양대군의 지적이 전적으로 틀린 것은 아니었다.

"글쎄요. 보기에 따라서는…."

"범옹은 세상을 흘러가는 구름 보듯 하며 살 건가?"

수양대군이 슬쩍 한발 빼며 뜬구름 잡듯 선문답 같은 소리를 했다.

"그렇게 살며 아녀자 품에서 죽는다면 사내가 아니겠지요."

신숙주 역시 선문답으로 화답했다.

"그렇다면 이번에 나하고 명나라에 함께 가세."

"명나라에요?"

"이번 사은사에 서장관으로 함께 가서 보다 넓은 세상을 보며 안목을 키우세. 우물 안 개구리처럼 좁은 현실에만 얽매여 살아서야 되겠나? 안 그런가?"

수양대군이 임금의 숙부에겐 그다지 필요치 않은 안목을 키우겠다며 노골적으로 신숙주를 꼬드겼다. 그리고 거부하는 대답을 하지 않음으로써 신숙주는 그 꼬드김을 받아들였다.

"어찌 된 일인가?"

나란히 술 한 잔씩을 비운 후 성삼문이 물었다.

퇴궐 후 주막에서 잠시 보자고 할 때부터 신숙주는 성삼문이 이런 질문을 할 걸로 예상했었다. 그래서 딱 까놓고 대답했다.

"주상 전하의 명을 받았네."

"자넬 서장관으로 천거한 사람이 수양대군이라고 들었어."

성삼문도 에두르지 않고 단도직입적으로 들이댔다.

"그렇다 하더라도 그게 뭐 문젠가?"

신숙주도 감추고 싶지 않았다.

"수양대군과 자네와의 관계를 이상하게 보는 눈들이 있어."

"수양대군과의 관계라니? 수양대군 나리를 마치 딴 뜻을 품은 분처럼 말하는군."

"우린 수양대군을 순수한 사람으로 보고 있지 않네."

"우리라고 했나?"

신숙주의 목소리에 날이 섰다. 성삼문이 움찔했다. 신숙주가 말을 이었다.

"수양대군 나리는 주상 전하의 등극에 대한 고명을 내려준 명나라에 고마움을 전하기 위한 사은사로 가시는 거네. 주상 전하를 위해 가시는 거란 말일세."

"그러니까 자넨 수양대군의 충성을 믿는다는 말이지?"

"아니라고 생각된다면 이번에 한번 살펴보지. 하지만 나는 수양대군보다 김종서 대감이 더 걱정이네."

"무슨 말인가?"

"선왕의 승하 이래 왕권이 약화되면서 김종서 대감이 독주하는 게 우려스럽다는 얘기네."

그 말을 하면서 신숙주는 속으로 부끄러웠다. 그게 사실이 아니고 핑계란 건 누구보다 자신이 더 잘 알았던 것이다.

"의정부의 섭정은 선대왕의 뜻 아닌가. 그리고 크고 작은 모든 일은 의정부의 3정승을 거치게 해야 한다는 게 자네의 생각 아니었던가. 대신들을 믿고 권한을 맡겨야 한다던 것도."

성삼문이 신숙주에게 시선을 고정시키며 따지듯 말했다.

"그렇더라도 김종서 대감의 독주는 도를 넘었어."

"난 김종서 대감이 우리 모두의 뜻을 거스를 분이 아니라고 생각하네."

신숙주는 대답하지 않았다. 행동을 달리 하려고 했을 땐 이미 생각은 다른 것이었다.

15. 계유정난

15-1

책이 가득 찬 방. 시습과 신주가 조촐한 술상을 앞에 두고 마주 앉았다. 어릴 적 친구 신주가 몇 년 만에 시습을 찾아왔던 것이다. 둘 다 열아홉의 청년이었다.

"어쩐 일이야, 네가 날 다 찾고?"

신주에게 술잔을 채워주고 나서 시습이 물었다. 신주의 표정은 무거웠다.

"시습아. 넌 왜 과거 안 보냐?"

신주가 대답 대신 물었다.

"사정이 있어서…."

시습이 얼버무렸다.

"난 곧 벼슬할 것 같아."

무슨 소린가 싶어 시습이 고개를 쳐들었다.

"아직 과거가 멀었잖아?"

"과거 안 보고 그냥…"

"그럼 음서로?"

"그래."

"아니, 대학자 신숙주의 장남이 음서로 벼슬을 한단 말이야?"

신주는 직제학 신숙주의 장남이었다. 둘이 함께 공부한 적은 없지만 사는 동네가 가까워 어릴 적부터 이런 저런 연유로 함께 어울린 적이 여러 차례 있었고 그러다 보니 어느새 친구 사이가 됐었다.

"그렇게 됐어. 너 같은 소문난 신동도 아직 벼슬을 하지 않고 있는데…."

신동이란 말에 시습이 조금 민망해서 피식 웃었다.

"그것 때문에 온 거야?"

"그리고…."

신주가 괴로운 표정으로 말을 잇지 못했다.

"무슨 일이 있는 거야?"

시습이 신주를 재촉했다.

"나 장가 가."

"그래? 누구와?"

그런데 신주가 또 대답이 없었다.

"누구한테 가는데?"

"한명회란 사람의 딸이야."

신주가 어렵게 대답했다.

그야말로 경천동지할 일이었다. 신주의 장인 될 사람이 다른 사람
도 아닌 한명회라니.

시습은 한명회를 두 번 만난 적이 있었다. 어릴 적 사가독서를 하던
성삼문 어르신을 뵈러 진관사에 갔다가 그 계곡에서 상가의 개처럼
떠돌던 한명회를 만났던 게 첫 번째였다. 그리고 두 번째는 3년 전
어머니가 돌아가시고 강원도에서 시묘살이를 할 때 역적모의를 하던
한명회를 만났다. 시습에게 한명회에 대한 인상은 우스꽝스런 외모
와 상관없이 고약했다. 한마디로 비열하고 교활한 상판이었다.

"한명회가 누군데?"

시습이 짐짓 모르는 척하며 물었다.

"개성의 경덕궁 궁지기."

"뭐라구? 경덕궁 궁지기라고?"

경덕궁은 개성에 있는 태조대왕의 옛 사저였다.

"그래."

"어떻게 정3품 직제학과 경덕궁 궁지기가 사돈이 돼?"

"어쩌다 보니 그렇게 됐어."

시습은 이게 보통 일이 아니라는 생각이 들었다. 강원도에서 한명회가 권람과 함께 수양대군을 업고 역모를 꾸미려는 것을 목격하고 귀성을 통해 성삼문 어른에게 곧바로 그 사실을 알린 바 있었다. 그런데 그 역도가 다름 아닌 성삼문 어른의 친구인 신숙주와 사돈을 맺는다니. 그건 신숙주 역시 역모와 관련이 있다는 얘기였다.

잠시 두 사람 사이에 침묵이 흐르다가 시습이 다시 먼저 입을 열었다.

"신주야. 내 꿈이 뭐였는지 아냐?"

"글쎄. 장원급제 하는 거?"

시습이 고개를 가로저었다.

"아니야. 내 꿈은 근보 어르신의 사위가 되는 거였어."

"성삼문 영감? 그런데?"

"몇 년 전 어머니가 돌아가시면서 이제 난 혼자야. 초라한 집안이지. 너처럼 높은 벼슬을 하고 있는 아버지도 없는."

시습이 아무에게도 얘기한 적이 없는 자신의 소망을 고백하자 신주는 말이 없었다.

"그래서 가끔 너라면 근보 어르신의 사위가 될 수 있겠구나 부러워했어."

"나도 그랬으면 좋겠는데…."

신주가 우울한 낯빛으로 중얼거렸다. 그리고 몸이 천 근이라도 되는 듯 힘겹게 자리에서 일어났다.

신주를 보내고 나서 시습은 귀성과 함께 집을 나섰다.

"이 길은?"

서둘러 걸음을 옮기며 귀성이 물었다.

"맞아. 황화방으로 가는 길이야."

"그럼 수양대군 집?"

시습이 고개를 끄덕였다.

"그래. 신주가 괜히 찾아온 게 아닌 것 같아. 무슨 급박한 일이 벌어지고 있는지도 몰라."

두 사람은 더욱 빠른 속도로 걸음을 옮겼다.

15-2

수양대군이 산해진미 가득한 상을 앞에 두고 신숙주와 한명회. 두 사람과 마주앉았다. 신숙주는 덤덤한 표정이었고 한명회는 의기양양한 심정을 감추지 못하는 얼굴이었다.

수양대군이 신숙주와 한명회를 번갈아보며 입을 열었다.

"중매는 잘하면 술이 석 잔, 잘못하면 뺨이 석 대라고 했는데 설마 내가 두 사람에게 뺨 맞을 짓을 하는 건 아니겠지?"

"주군의 오늘 이 은혜를 어찌 술 석 잔으로 다 갚겠사옵니까. 기필코 대업을 성취하시도록 견마지로를 다하겠사옵니다."

한명회가 고개를 깊이 숙여 답했다.

"범옹은 어떻게 생각하시는가, 오늘 이 만남을?"

수양대군이 신숙주에게 물었다.

"오늘 이 자리를 단순히 사사로운 자리라 할 수 있겠사옵니까. 새 조선을 기약하는 중요한 출발점이라고 해야겠지요."

신숙주에게 한명회와 사돈을 맺는다는 건 당연히 내키는 일일 수가 없었다. 그렇지만 수양대군과 더불어 큰일을 도모하기 위해서라면 감수할 수밖에 없다는 심정이었다.

"암, 그렇다마다. 자, 그런 의미에서 다시 한 잔!"

수양대군이 신숙주와 한명회에게 술을 따르며 호쾌하게 웃었다.

수양대군집 대문에서 조금 떨어진 후미진 곳에서 시습과 귀성이 숨어서 지켜보고 있었다.

한참 후 신숙주가 대문을 나와 가마에 올랐다.

"맞지, 형? 신숙주 영감?"

가마가 집 앞을 떠날 때 시습이 귀성에게 물었다.

"그런 것 같아."

"그런데 한명회는 왜 안 나오지?"

그때 한명회도 약간 비틀거리며 대문을 나왔다.

"전에 강원도에서 봤던 그자 맞지?"

"맞아."

밤눈이 밝은 귀성이 시선을 대문 쪽으로 고정시킨 채 고개를 끄덕였다. 한명회 역시 대문 앞에 대기해 놓았던 가마에 올랐다.

"참, 경덕궁 궁지기도 가마를 타는 세상이네!"

귀성이 투덜거렸다.

"그런데 웬 사람들이 저렇게 많지?"

시습이 대문 안을 바라보며 중얼거렸다.

15-3

"어서 오게, 범옹!"

하인의 전갈을 받은 김종서의 아들 김승규가 방에서 나와 마당으로 들어서는 신숙주를 반갑게 맞았다.

"안녕하십니까, 형님."

신숙주가 고개를 살짝 숙이며 인사했다.

"이게 얼마만인가? 명나라에 함께 다녀온 후로 처음이지?"

"자주 찾아뵙지 못해 송구합니다."

지난번 사은사에 김승규도 정사인 수양대군의 호위군관으로 다녀왔다. 실은 호위군관이라기보다 수양대군의 인질이었지만.

"송구하기는. 그래, 어인 일이신가?"

"입궐하는 길에 그냥 잠시 들렀습니다. 형님."

그러면서 신숙주는 집안을 한 번 둘러보고 사랑채로 고개를 돌렸다. 사랑채 댓돌에 놓여 있는 여러 켤레의 신발들이 신숙주의 눈길을 끌었다.

"잘 오셨네. 자, 들어가세. 아버님께 인사도 여쭐 겸."

"아, 예…."

신숙주 우물쭈물하는데 사랑에서 김종서가 나와 마당으로 내려섰다.

"누가 왔다고?"

"좌상 대감!"

신숙주가 김종서에게 다가가 고개를 숙였다.

"어, 신 직제학이 왔구먼."

"그동안 강녕하셨습니까. 명나라에 다녀온 후 찾아뵙고 인사드린다는 게 차일피일하다 늦었습니다."

"인사는 무슨, 바쁠 텐데. 그래, 수양대군 나리는 자주 뵙는가?"

김종서가 뼈 있는 질문을 했다. 그런데도 신숙주는 무심한 척했다.

"그렇잖아도 명나라에 다녀온 일도 말씀 드릴 겸 조만간 찾아뵙겠다고 하셨습니다."

"조만간이라…. 자네 그 말을 전하러 온 게구먼."

김종서가 신숙주를 보며 가볍게 웃었다.

"그냥 인사차…."

신숙주가 조금 멋쩍은 듯 말끝을 흐렸다.

"자, 안으로 드세. 차라도 한잔할 겸."

"아닙니다. 입궐하는 길이라…."

신숙주가 김종서에게 고개 숙여 인사하고 돌아서서 대문으로 향했다. 그런 신숙주의 뒷모습을 유심히 지켜보다가 김종서는 다시 마루로 올라섰다.

"숙주는 아침부터 무슨 일로 들렀답니까?"

김승규와 함께 방으로 들어서는 김종서에게 이현로가 물었다. 방안에는 아침 일찍 이현로와 함께 찾아온 성삼문과 하위지가 앉아 있었다.

"그냥 인사차 들른 거라 했네."

"인사차요?"

이현로는 뭔가 미심쩍어 하는 눈치였다.

"근보의 말대로 한명회가 신숙주와 사돈을 맺게 되었다는 것은 예삿일이 아닙니다."

하위지가 김종서에게 아까 하던 얘기를 계속했다.

"제 생각도 마찬가집니다. 그건 한명회가 경덕궁 궁지기에 머물지 않고 장차 신숙주와 같은 반열에 오를 거란 뜻입니다."

이현로가 하위지의 말에 자기 생각을 보탰다.

"신숙주와 같은 반열이라…."

김종서가 천천히 수염을 쓰다듬으며 이현로를 쳐다보았다.

"그렇지만 그건 정변 같은 일이 일어나지 않고선 불가능한 일입니다. 따라서 수양대군이 정변을 일으키려는 건 이제 명약관화해졌습니다."

"글쎄…."

김종서의 표정이 무거워졌다.

"숙주가 다른 얘긴 안 했습니까?"

하위지가 물었다.

"조만간 수양대군이 들를 거라더군. 명나라에 갔다 온 얘기도 할 겸."

"시간을 벌겠다는 속셈 아닐까요? 그렇다면 이쪽에서 먼저 수양대군을 제거하는 게 옳을 듯싶습니다. 근보는 어떻게 생각하나?"

이현로가 김종서와 성삼문을 번갈아 보며 말했다.

"저도 같은 생각입니다."

성삼문이 잠시 생각하다가 대답했다.

"하지만 신하가 왕실의 종친을 친다는 게 쉬운 일이 아닐세. 좀 더 지켜보도록 하세."

김종서는 여전히 신중했다.

"그러나 우리가 주춤하면 저쪽에서 허를 찔러 기습할지도 모릅니다. 제가 아는 한명회는 그런 놈입니다. 사악하고 술수에 능한 놈이지요."

이현로가 조금 초조한 듯한 얼굴로 김종서를 재촉했다.

"그래봤자 오합지졸 수십 명이다. 그리고 숙주 말이 수양대군이 조만간 들를 거라니까 오늘 내일 당장 무슨 일을 저지르지는 않을 것이다. 그보다 이 나라 조선이 기틀을 다지는 과정에서 많은 피를 흘렸다. 하여, 다시 피를 보는 건 세종대왕과 문종대왕의 뜻이 아니다. 우리는 저들이 다른 뜻을 품지 못하도록 힘을 가지고 지키고 있으면 된다."

김종서는 좀처럼 결단을 내리기 힘든 듯했다. 그런 김종서를 보며 이현로가 낙담하듯 짧게 한숨을 내쉬었다.

15-4

"안평도 죽이라고? 다시 생각하라."

한명회가 내민 살생부를 펼쳐보다가 덮으며 수양대군이 말했다.

어젯밤 술자리를 파한 후 신숙주가 먼저 방을 나간 틈을 타 한명회가 내일 다시 들르겠다고 했다. 그리고 오늘 찾아와선 살생부를 내놓는 것이었다. 그런데 살생부엔 안평도 포함되어 있었다.

"안평대군은 역모의 수괴이옵니다. 주군께선 김종서를 죽이고도 안평대군이 용상에 앉는 꼴을 보시렵니까? 이는 죽 쒀서 개 주는 꼴이 아니고 뭐겠습니까."

한명회가 동기애로 망설이는 척하는 자기 주군의 마음을 옥죄었다. 그 모습이 수양대군은 오히려 믿음직하게 느껴졌다.

"성삼문은?"

"지금 당장 성삼문을 죽이면 집현전이 들고일어납니다. 김종서를 죽이는 명분도 없어지고요. 그땐 범옹도 감당하지 못합니다. 성삼문은 다른 기회를 봐야지요. 성삼문을 살려둬야 절반이라도 신숙주를 따라 이쪽으로 넘어올 것이옵니다."

"그러니까 오늘밤이라 이거지?"

수양대군이 다시 한 번 확인했다.

"만반의 준비를 마쳤사옵니다. 아침에 범옹이 문안인사차 갔으니까 저쪽은 설마하고 방심하고 있을 겁니다. 이때를 놓치면 안 되옵니다."

"숙주는?"

"범옹은 전면에 나서지 않게 해야 하옵니다."

"흠…."

수양대군은 대답 없이 고개를 끄덕였다.

15-5

"대감마님. 수양대군 나리 오셨습니다."

김종서가 아들 승규와 함께 얘기를 나누고 있는데 밖에서 하인의 소리가 들렸다.

"수양대군이? 이 늦은 밤에? …뫼시어라."

김종서가 의아한 얼굴로 고개를 갸웃거리다가 하인에게 명했다.

"그냥 밖에서 뵈었으면 하십니다."

"밖에서? 그래, 알았다. 잠시 기다리시라 해라."

"아버님, 괜찮을까요?"

김종서가 일어서자 김승규도 따라 일어서며 물었다.

"그렇다고 그냥 돌려보낼 수야 없지 않느냐?"

그러면서 김종서가 관복을 챙겨 입고 사모를 썼다. 왕실 손님에 대한 예를 갖추기 위해서였다. 김승규도 장검을 도포 안에 숨긴 채 흑립을 쓰고 김종서를 따라 방을 나섰다.

대문 밖에는 수양대군이 임운을 비롯한 두어 명의 수하들과 함께 서서 기다리고 있었다.

"이 야심한 시각에 대군 나리께서 어인 일로…?"

김종서가 수양대군에게 다가서며 고개 숙여 예를 올렸다.

"급히 어디 좀 가는 길인데 갑자기 사모뿔이 떨어져 난감하던 차 마침 좌상 댁이 근처라 빌릴까 하구요."

수양대군이 가볍게 웃으며 대답했다.

"그러십니까. 안으로 드시지요."

"아닙니다. 갈 길이 바빠서…."

수양대군이 손을 저으며 사양했다. 그러면서 김종서 뒤에 있는 김 승규를 슬쩍 한 번 보고는,

"안에서 하나 갖다 주시지요."

하고 부탁했다.

"정 바쁘시면 제 것을 드리지요."

"좌상 것을요? 이거 송구하외다."

수양대군이 속내를 들킨 듯 멋쩍게 웃었다. 그리고는 김종서가 자기 사모에서 뿔을 뽑아 건네자 받아들고 자신의 사모에 꽂았다.

"그럼 살펴 가십시오."

김종서가 눈은 수양대군에게 그대로 둔 채 살짝 고개를 숙였다.

"아 참! 내 한 가지 잊었구려. 영응대군이 안사람 문제로 좌상 대감에게 도움을 청하는 편지를 전해 달랬소."

갑자기 수양대군이 품안에서 편지를 꺼내 김종서에게 건넸다. 김종서가 편지를 받아들었다.

"들어가서 읽어보겠사옵니다."

"지금 읽어보시지요. 실은 지금 영응대군에게 가는 길인데 좌상 대감의 답을 받아오라고 해서…."

수양대군이 또 다른 구실로 계속 시간을 끌었다.

영응대군은 세종의 막내아들이자 수양대군의 막내아우로 부왕 생전에 본부인을 내보내고 재취부인을 맞았다가 도로 본부인을 맞아들이기 위해 고심하고 있었다. 그 역시 수양대군의 흉계에 의한 것이었다.

김종서가 마지못해 편지를 펼쳐 달빛에 비추며 읽으려 하는데 수양대군 뒤에 있던 임운이 앞으로 나서며 철퇴를 꺼내 김종서의 머리를 향해 내리쳤다. 김종서가 피하는 바람에 철퇴는 김종서의 어깨를 스치고 김승규의 칼에 의해 땅에 떨어졌다. 김승규가 임운의 목에 칼을 겨누는 순간 김종서도 재빨리 몸을 움직여 한 팔로 수양대군의 목을 감아쥐었다.

"대군 나리. 이게 무슨 짓이오?"

"이, 이것 좀 놓고…. 말씀하시오!"

수양대군이 다급하게 소리쳤다.

"대군 나리. 나를 죽이려는 이유가 무엇이오?"

김종서가 수양대군의 목에 두른 팔에 더욱 힘을 주며 물었다.

"이것 좀 놓으시오, 제발! 저놈이 미쳐서 실수한 거요. 임금의 숙부를 죽일 참이오?"

목이 막히는지 수양대군이 캑캑거리며 목숨을 구걸했다. 김종서가 한참을 망설이다 팔을 풀며 수양대군을 떼어 밀쳤다. 수양대군이 바닥에 나가떨어졌다. 김승규는 여전히 임운에게 칼을 겨눈 채로 수양대군 수하들의 움직임을 주시하고 있었다.

"세종대왕의 아들로 태어난 걸 감사하게 생각하시오."

김종서가 수양대군을 내려다보며 경멸조로 호령했다. 그리고 아들을 향해 소리 높여 말했다.

"승규야. 그만 놓아 줘라. 들어가자."

김승규가 임운에게 겨누고 있던 칼을 거두고 김종서와 함께 돌아서서 대문으로 향했다. 그때 어둠 속으로부터 두 사람에게 화살들이 쏟아졌다. 두 사람이 쓰러지면서 임운을 비롯한 수하들이 일제히 달려들어 철퇴와 칼로 공격했다. 두 사람은 화살을 맞은 채로 몸을 일으켜 적들과 대적했다. 하지만 새로 나타난 장사들로 적의 수가 늘어나 대적하기가 점차 힘에 부쳤다. 이윽고 김승규가 쓰러지고 그 와중에 김종서가 가까스로 수양대군의 멱살을 잡았다. 순간 뒤에서 적들이 김종서의 등을 베었다. 그러나 김종서는 수양대군의 멱살을 놓지 않고 흔들었다.

"수양 네 이놈! 네 놈은 사내새끼가 아니다. 비열한 놈! 네놈 하나 모가지 따는 것은 일도 아니다!"

김종서가 피 묻은 손으로 수양대군의 목을 움켜쥐고 손아귀에 더욱 힘을 주었다.

"이, 이거 놓으시오! 좌상! 노, 놓고 얘기합시다!"

수양대군이 겁에 질린 표정으로 밭은 소리를 내뱉었다. 그러면서 품속에서 단검을 꺼내 김종서의 복부를 깊숙이 찔렀다. 김종서가 스르르 무너졌다.

간신히 김종서의 손아귀에서 풀려난 수양대군이 목을 쓰다듬으며 안도의 숨을 내쉬고는,

"모가지를 따려면 그냥 딸 일이지."

혼잣말로 중얼거렸다. 그리고는 수하들을 향해 외쳤다.

"자, 가자!"

수하 하나가 다가와 물었다.

"나리, 김종서의 머리를 벨깝쇼?"

"시간 없다. 빨리 가자! 저 늙은이 모가지는 나중에 베어도 된다."

수양대군으로선 한시라도 빨리 이곳을 벗어나고 싶었다.

"예, 나리!"

수하가 허리 숙여 절하고 물러났다.

"북악산으로 사람을 보내 무계정사를 불태워라!"

수양대군이 임운에게 명했다.

다른 수하 하나가 다가와 수양대군에게 갑옷을 입혀주었다.

"자, 대궐로 가자!"

수하들이 준비해 놓은 말에 오르며 수양대군이 소리 높여 외쳤다.

15-6

갑옷으로 갈아입은 수양대군과 수하들이 두서없이 편전에 늘어서 있었다. 느닷없는 상황에 입직승지 최항은 안절부절 못하는 모습이 었다.

"주상 전하는 아직이신가?"

수양대군이 입직승지를 다그쳤다.

"시좌소(時坐所)로 사람을 보냈으니 곧 납실 것입니다. 잠시만 더 기다리십시오."

입직승지가 수양대군의 눈길을 피하며 대답했다. 단종은 이때 유일한 형제인 친누나 경혜공주의 가회방 저택에 이어(移御)해 있었다.

잠시 후 단종이 급하게 편전으로 들어섰다. 갑옷 차림의 수양대군과 그 수하들을 보며 단종은 잔뜩 긴장한 표정이었다.

"무슨 일이오, 수양 숙부?"

단종이 용상에 앉으며 물었다. 수양대군이 앞으로 나아가 부복했다.

"전하, 안평이 김종서 무리와 결탁하여 역모를 꾀하였기로 삼가 아뢰나이다."

"안평 숙부가 역모를요?"

"예, 전하. 하여 사세급박하여 역도 김종서부터 처단하고 오는 길이옵니다."

"좌상 대감을요?"

단종은 하늘이 무너지는 듯했다.

단종이 용상을 내려와 수양대군의 두 손을 붙잡았다. 그러다가 수양대군의 피 묻은 손을 보고 질겁했다.

"수, 수양 숙부! 살려주시오!"

단종이 겁먹은 얼굴로 애원했다.

"전하! 심려 놓으시옵소서. 소신이 전하를 지켜 드리겠나이다. 어서 용상에 오르시옵소서."

수양대군이 한껏 다정한 표정으로 단종을 일으켜 세웠다. 마지못해 단종이 다시 용상에 올라앉았다.

"안평 숙부는 어찌 되었소?"

"지금 의금부로 압송 중이옵니다. 역모의 죄를 물어 교동도로 유배

할까 하옵니다."

"교동도로요?"

"그보다 전하. 지금 당장 명을 내려 대신들을 입궐케 하시옵소서.
시간을 지체하면 역도들의 잔당에 가담할지도 모르옵니다."

"알겠소."

단종이 어쩔 수없이 수양대군의 주청을 윤허했다.

15-7

"웬 놈들이냐? 수양의 끄나풀들이냐?"

귀성과 함께 북악산 자락 무계정사를 지키고 있던 이현로가 갑자기
나타난 장사들을 향해 소리쳤다. 장사들은 열 명은 족히 돼 보였다.

"알았으면 됐다."

장사들의 우두머리가 앞으로 나서며 비식 웃었다. 그리고 뒤쪽의
장사들에게 신호를 했다.

"쳐라!"

장사들이 두 사람을 향해 칼을 휘두르며 달려들었다. 두 사람도
칼을 뽑아들고 날렵하게 움직이며 장사들의 칼을 상대하기 시작했
다. 이현로의 칼솜씨가 귀성 못지않게 날카롭고 유려했다. 두 사람의
칼날에 장사 두어 명이 쓰러졌다. 그러나 상대의 숫자가 만만찮아

간단히 제압되지가 않았다.

"여긴 내게 맡기고 안평대군 나리께 가라. 그리고 성삼문 영감에게도 연락해라."

수시로 치고 들어오는 장사들의 칼을 막아내며 이현로가 귀성에게 다급하게 말했다.

"괜찮겠습니까, 나리?"

"여긴 걱정 마라. 어서!"

"그럼⋯."

잠시 망설이며 이현로를 돌아보다가 귀성이 몸을 날렸다.

귀성이 장사들의 공격망을 빠져나가고 이현로는 어지럽게 날아드는 장사들의 칼들을 계속해서 밀어냈다. 그러나 시간이 지날수록 중과부적으로 밀리다가 급기야 쓰러지고 말았다.

풍수학의 대가로서 세종과 문종을 지근거리에서 도왔던 조선 최고의 기인이자 천재의 한 사람인 이현로가 허망하게 생을 마감하는 순간이었다.

"서둘러라! 빨리 궁궐로 가자!"

우두머리가 수하들에게 지시를 했다.

장사들이 무계정사 곳곳에 불을 놓았다. 불길은 삽시간에 타올랐다.

대신들이 속속들이 입궐하고 있었다. 군사들이 근정문 입구에서 대신들의 신원을 일일이 확인했다. 근정문 안 뒤편에선 한명회와 그 수하들이 숨어서 입궐하는 대신들을 지켜보고 있었다.

"영의정 황보인 대감 입궐이오!"

군사들이 문 안을 향해 소리쳤다.

한명회가 살생부를 펴들고 수하들에게 신호를 보냈다. 신호에 따라 수하들이 문 안으로 들어서는 황보인을 철퇴로 내리쳤다. 황보인 쓰러지자 수하들이 재빨리 시신을 옆으로 치웠다.

"병조판서 정인지 대감 입궐이오!"

한명회의 신호에 따라 수하들이 뒤로 물러섰다. 근정문을 통과한 정인지는 의기양양하게 궐 안으로 발걸음을 옮겼다.

"우찬성 이양 대감 입궐이오!"

군사들이 소리치자 한명회가 수하들에게 제거하라는 신호를 보냈다.

멀리서 들리는 알 수 없는 소리에 성삼문은 고개를 갸웃거렸다. 단순히 가을밤바람 소리는 아닌 것 같았다. 귀를 기울였지만 소리는 명확하게 잡히지 않았다. 잠시 망설이던 성삼문이 읽고 있던 책을 덮고 일어섰다. 그리고 집현전 입직청을 나와 편전으로 향했다.

편전으로 들어서는 성삼문 앞엔 차마 믿기 힘든 놀라운 광경이 벌어지고 있었다. 용상에 단종이 앉아 있고 바로 앞에 따로 시립해 있는 사람이 수양대군이었다. 개라도 잡다 온 사람처럼 수양대군의 얼굴에는 살기가 흘렀다. 그 아래로는 대신들이 이가 빠진 것마냥 들쑥날쑥한 모양으로 무질서하게 도열해 있었다. 정인지는 눈을 감은 채 딴청을 하듯 서 있는데 신숙주의 모습은 모이지 않았다.

성삼문과 마주친 단종의 두 눈이 공포로 가득했다. 도열해 있는 대신들도 몇몇을 제외하곤 반쯤 넋이 나간 얼굴들이었다.

성삼문이 하위지와 이개, 박팽년 등이 있는 곳으로 가서 섰다.

"어찌 된 일인가?"

성삼문이 낮은 소리로 박팽년에게 물었다.

"수양이 난을 일으켰네."

박팽년이 분노를 삭이는 얼굴로 대답했다.

"뭐라고?"

"쉬잇!"

이개가 입에 손가락을 갖다 댔다.

"전하, 이제 역도들은 웬만큼 잡혔사옵니다."

용상 바로 아래에 서 있는 수양대군은 기세가 등등한 모습이었다.

"수, 수고하셨소. 숙부."

"하오나 전하. 이 난국을 수습하려면 소신이 영의정을 맡아야 하겠사옵니다."

"영의정을요? …그, 그리 하세요."

단종이 겁에 질린 얼굴로 가납했다.

"아울러 조정 인사를 새로 엄정히 해야 하니 이조도 소신이 관장해야 하겠사옵니다."

"그리 하세요."

"그리고 군사의 움직임도 통제해야 하니 병조도 소신이 맡겠사옵니다."

"그리 하세요."

단종은 한시라도 빨리 이 자리를 파하고 싶은 생각밖에 없는 것 같아 보였다. 대신들도 침묵할 뿐 아무 말이 없었다. 앞으로 나서려는 하위지를 성삼문이 붙잡았다. 하위지가 성삼문의 손을 뿌리치고 앞으로 나섰다. 대신들의 이목이 일제히 하위지에게로 쏠렸다.

"수양대군 나리께선 전례에 없는 큰 권한을 주상 전하로부터 받으셨습니다. 그러므로 세종대왕의 적손이자 문종대왕의 적자이신 주상 전하께 신하로서 대대로 충성을 다해야 할 것입니다."

하위지의 거친 음성이 편전을 쩡쩡 울렸다. 그런 하위지를 수양대군이 적의에 찬 눈으로 노려보았다.

16. 양위

16-1

단종이 납신 가운데 대소 신료들이 용상 아래 도열했다.

"전하! 안평 아우를 살려주소서!"

수양대군이 꿇어 엎드려 울먹이는 어조로 단종에게 아뢰었다.

정인지가 앞으로 나섰다.

"아니 되옵니다. 전하. 안평대군은 불궤를 도모한 역도이옵니다. 마땅히 사약을 내리셔야 하옵니다."

"사약을 내리셔야 하옵니다."

신숙주도 앞으로 나서며 정인지를 거들었다.

"숙주, 너…! 네가 어떻게 그런 소리를…."

신숙주를 쳐다보며 성삼문이 기가 막혀 소리쳤다. 그러나 그 소리는 곧바로 대신들의 소리에 묻혔다.

"사약을 내리셔야 하옵니다! 통촉하여주시옵소서!"

대신들이 일사분란하게 안평대군의 죽음을 주청했다.

단종이 수양대군과 눈을 맞추며 호소하는 듯한 표정을 지었다. 수양대군이 못 본 척 외면했다. 그러다가 괴로운 표정으로 고개를 가로저으며 격하게 흐느꼈다.

"전하! 더는 소신도 대신들의 중론을 거역하지 못하겠나이다. 전하 뜻대로 처결하소서."

수양대군의 가증스런 모습에 성삼문이 치를 떨며 고개를 들자 단종이 절망적인 눈빛으로 이쪽을 바라보고 있었다.

16-2

성삼문과 유성원이 단종의 부름을 받고 강녕전에 들었다. 잠옷 차림의 단종은 영락없는 소년의 모습이었다. 그런 단종을 성삼문과 유성원이 애틋한 눈으로 바라보았다.

"양위라니요. 아니 되옵니다."

성삼문이 단종을 말렸다. 보위에 오르신 지 얼마 되었다고 벌써 양위를 입에 담으시다니.

그만큼 그 짧은 시간이 어린 임금에겐 견디기 어려웠을 것이다.

단종이 힘든 표정으로 성삼문을 보며 고개를 저었다.

"나로 인해 김종서 대감과 황보인 대감이 죽었고 내 손으로 안평숙부를 죽이라는 교지를 내렸어요. 그리고 그 가솔들이 죽거나 노비가 되었어요. 그 모든 게 내가 이 자리에 있어 생긴 일이에요."

단종의 목소리에 애잔한 슬픔이 묻어났다.

"그럴수록 성심을 굳건히 하셔야 하옵니다."

유성원이 청아하고 부드러운 목소리로 단종을 위로했다.

"가까운 신하들을 접견하여 차를 마시거나 담소 나누는 시간을 자주 가지시옵소서. 혼자 계시지 마시옵고요."

성삼문도 단종을 다독였다.

"사부께서도 자주 들러주세요."

단종이 유성원을 향해 애원하듯 말했다.

"그러겠사옵니다. 전하."

16-3

사간원으로 들어서는 한명회를 좌사간 성삼문이 기다리고 있었다.

얼마 전 성삼문은 정3품 좌사간으로 승차했다. 성삼문을 회유하려는 수양대군의 농간에 의해서였다.

"어인 일이오? 좌사간께서 날 다 찾으시고?"

한명회가 뱀 같은 교활한 눈알을 번득이며 물었다. 성삼문이 문서를 내밀었다.

"사복시에서 말에게 먹일 건초를 빼돌린 사안에 대해 조사한 거요."

수양대군이 김종서와 황보인 등 부왕 문종이 유훈을 내린 고명대신들을 죽이고 나서 스스로 영의정에 오른 후 이조를 관장하면서 처음 시행한 인사 중의 하나가 경덕궁 궁지기 한명회를 일약 정3품 사복시소윤에 발탁한 것이었다.

"아랫것들이 푼돈을 챙기려고 그랬던 모양이군요."

한명회가 대수롭지 않다는 듯 대꾸했다.

"수결하시오."

성삼문이 엄중하게 책임을 따지자 한명회가 마지못해 문서에 수결했다.

한명회가 수결한 문서를 내려다보며 성삼문이 얼굴을 찌푸렸다.

"한공은 글씨 연습을 좀 더 해야겠소. 어떻게 글씨가 서너 살 코흘리개 애들이 개발새발 쓴 것보다도 못하지 않소?"

성삼문의 힐난에 한명회가 더 이상 대꾸는 하지 않으면서도 얼굴에 불쾌한 감정을 숨기지 않았다.

"뭐, 그렇다고 부끄러워하진 마시오. 과거에 급제하고 중시에 장원을 한 내가 15년 걸려 오른 정3품 벼슬을 10년 이상 낙방하고 과거를 포기한 한공은 불과 몇 달 만에 올랐으니…. 한공은 참으로 대단한 인물 아니겠소."

한명회가 어금니를 꼭 깨문 채 성삼문을 노려보았다.

"한공은 이런 세상을 어떻게 생각하시오? 제대로 된 세상이라고 보시오?"

"그러니까 난세 아니겠습니까?"

"그 난세를 누가 만들었소? 멀쩡한 세상을 난세로 만든 건 바로 한공 같은 모리배들 아니겠소?"

"말씀이 좀 지나치십니다."

거듭된 성삼문의 빈정거림에 한명회가 살짝 언성을 높였다.

"그만 나가보시오."

한명회는 감정을 다스리지 못해 기묘해진 얼굴로 한차례 더 성삼문을 노려보다가 뒤돌아 사간원을 나갔다.

16-4

단종이 납신 가운데 대신들이 두 줄로 도열하여 상참을 진행하고 있었다. 좌측 열 맨 앞쪽에 자리한 수양대군이 용상에 앉은 단종을 감시하듯 지켜보았다. 그리고 맞은편 열에 모여 선 성삼문과 하위지,

박팽년, 이개 등이 수양대군을 주시했다.

"도승지는 교지를 읽으시오."

단종이 눈치를 보듯 수양대군 쪽을 한번 보고 나서 도승지에게 명했다.

"예, 전하"

도승지가 교지를 펼쳐 읽었다.

"신숙주를 도승지에 명하노라!"

도승지의 발표에 편전이 술렁였다.

"이제 대놓고 전하를 감시하겠다는 수작이군."

이개가 낮은 소리로 성삼문에게 말했다.

"그러게. 큰일이군."

성삼문이 짧게 한숨을 뱉었다.

"좌부승지에 한명회!"

도승지가 계속 교지를 읽었다.

"뭐야? 아예 임금을 에워쌀 작정을 한 게 아닌가?"

박팽년이 이개를 돌아보며 걱정스런 얼굴을 했다.

"그러게 말일세."

이개가 동감을 표했다.

"우부승지에 성삼문!"

도승지가 교지의 마지막 부분을 읽었다.

"뭐, 이런 개 같은 경우가 있나!"

하위지가 깜짝 놀라며 주위에 나 들릴 정도로 투덜거렸다. 승지의 좌장인 도승지가 신숙주이고 그 아래로 한명회와 성삼문이라니.

맞은 편 열에 선 대신들이 하위지를 향해 못마땅하고 불편한 시선을 던졌다.

"숙주와 한명회가 주상 전하와 자넬 함께 감시하겠다는 게 아닌가?"

박팽년이 어처구니가 없다는 듯 성삼문을 돌아다보았다.

"글쎄⋯."

성삼문이 무거운 표정으로 입을 다물었다.

16-5

성삼문과 하위지, 박팽년, 이개 등이 무리지어 근정문을 향해 걷고 있었다. 그 옆을 신숙주가 지나갔다.

"어이, 숙주야!"

하위지가 큰 소리로 신숙주를 불렀다. 신숙주가 다가왔다.

"퇴궐하시는군요. 형님."

"숙주야. 세상 좋아졌다."

"무슨 말씀을⋯?"

"살다보니 숙주 네가 삼문이 상전이 될 때도 있구나."

"그게….."

신숙주가 민망한 듯 멋쩍은 얼굴로 말끝을 흐렸다.

"숙주야, 부탁 하나 하자."

"무슨 부탁을요?"

"한명회하고 숙주 너, 둘 다 삼문이 상전이니 아랫것 삼문이를 잘 좀 보살펴주라. 삼문이 저 등신은 중시에 장원을 하고도 아직 우부승지밖에 못하는 놈이다."

하위지가 이죽거렸다. 무안함으로 신숙주의 얼굴이 벌게졌다.

성삼문이 두 사람 쪽으로 다가와 하위지를 만류했다.

"형님. 그러지 마세요."

그리고는 신숙주를 향해,

"범옹, 미안하네."

애써 웃어보였다.

"이런 등신 같은 우부승지 새끼! 미안하긴 뭐가 미안하냐? 네가 죄 졌냐? 아님 벌써부터 도승지에게 잘 보이고 싶은 거냐?"

하위지가 성삼문을 향해 소리를 지르며 성질을 부렸다.

16-6

도승지 신숙주가 사정전에 입시했다. 서안 앞에 앉은 단종은 하루

종일 신숙주와 둘만이 함께 하는 공간이 몹시 불편했다.

"전하, 내일은 영의정 댁에서 위로연을 여셔야 하옵니다."

"영의정? 수양 숙부 말씀입니까?"

"그러하옵니다."

신숙주가 단종에게 김종서와 황보인 등 문종의 충신들을 제거한 수양대군과 그를 도운 공신들을 위한 위로연을 베풀 것을 종용했다.

단종은 답답해 숨이 막힐 것 같았다. 이미 지날 달 똑같은 잔치를 임금이 집무를 보는 바로 이 사정전에서 베푼 바 있었다. 그런데 이번에는 또 수양대군 집을 찾아가서 잔치를 베풀라는 것이다.

"임금이 신하 집을 찾아 잔치를 연다는 건 법도에 어긋나는 일 아니오?"

"고사를 상고하면 반드시 그런 것은 아니옵니다. 그리고 공신들을 위로하는 일은 군주로서 마땅히 하셔야 할 일이옵니다."

"그렇다고 같은 잔치를 몇 번씩 열어야 하나요?"

단종은 짜증스러워 견딜 수가 없었다.

"그런 걸 번거로워하면 임금의 자리에 계실 수 없사옵니다."

신숙주의 입은 거침이 없이 무엄했다.

"그게 무슨 말씀입니까?"

"사실 유충하신 전하에게 임금의 자리는 힘든 자리이옵니다. 그럴 땐 차라리 내려놓으시는 것도 한 방편이 될 것이옵니다."

"그러니까 날더러 양위하란 말씀이오?"

"전하를 위해 드리는 말씀이옵니다."

신숙주가 눈 하나 깜짝 않고 천연덕스럽게 대답했다.

"도승지는 내가 좋아서 이 자리에 있는 줄 아시오?"

단종은 애써 분노를 삭이며 신숙주를 노려보았다.

16-7

이른 시각 잠이 깬 신숙주가 자리에서 일어나 책을 읽고 있었다.

"영감마님. 기침하셨습니까?"

그때 밖에서 신숙주의 기상을 묻는 집사의 다급한 소리가 들렸다.

"무슨 일이냐?"

"영감마님. 나, 나와 보십시오."

집사가 계속 숨넘어가는 소리를 했다. 신숙주가 방문을 열고 마루로 나왔다. 마당에는 집사가 사색이 된 얼굴로 어쩔 줄 몰라 하고 있었다.

"무슨 일이냐?"

"서, 서방님이…."

"그 아이가 왜?"

신숙주가 하인과 함께 마당을 가로질러 별채로 올라섰다. 그리고 화들짝 놀라 하마터면 뒤로 나자빠질 뻔했다. 대들보에 아들 신주가 목을 맨 채 매달려 있었다.

"영감마님!"

집사가 금방이라도 그 자리에 쓰러질 듯한 신숙주를 부축했다.

"내리거라!"

가까스로 정신을 수습한 신숙주가 아들의 시신을 잠시 올려다보다가 굳은 표정으로 집사에게 말했다.

별채에 모여 있던 하인들이 시신을 내렸다.

"이 일이 절대로 바깥으로 새 나가지 않도록 해라."

신숙주가 집사에게 입단속을 시켰다.

"예, 영감마님."

집사가 고개를 숙였다.

바닥에 내려진 아들의 시신을 내려다보는 신숙주의 얼굴이 비장해졌다.

16-8

성삼문과 유성원이 부름을 받고 강녕전에서 단종을 알현했다. 단종은 지쳐 보였다.

"전하, 양위하신다는 전교를 거두어주옵소서."

성삼문이 엎드려 간절히 청했다.

"이미 끝난 일이에요. 우의정에게도 통보를 했어요."

단종이 슬픈 눈으로 고개를 가로저었다.

"전하!"

유성원 울먹이며 임금을 불렀다.

"저들은 있지도 않은 죄를 덮어씌워 내 곁에 있던 사람들을 모두 내치고 있어요. 나를 낳고 나서 돌아가신 어머니를 대신해서 나를 키워준 박 상궁과 혜빈 양씨, 매형 영양위를 귀양 보내고 내관 엄자치를 죽였어요. 내가 이 자리에 있으면 앞으로 얼마나 더 많은 무고한 사람들이 화를 입을지 몰라요. 참으로 이 자리에 있기가 괴로워요."

"전하…!"

단종을 바라보는 성삼문의 눈에도 눈물이 흘렀다.

어찌 그게 처음이었을까. 저들은 애초에 수양대군의 야욕을 간파했거나 수양대군에게 호의적이지 않았던 좌의정 김종서와 영의정 황보인을 비롯한 많은 대신들을 죽인 것은 물론 그 가족들 중 남자는 3대를 멸하였으며 여자는 첩이나 하녀로 나눠가졌다. 수양대군도 아우 안평대군의 아들인 우직의 딸을 공신들에게 나눠주며 자신의 손녀까지도 야욕 성취를 위한 제물로 바치는 데 거리낌이 없었다.

그리고 그 후로도 저들은 단종을 고립무원의 상태로 물러나게 하기 위해 단종을 감쌌던 선대왕 때 사람들을 하나씩 제거해나갔고 앞으로도 무슨 일을 더 저지를지 알 수 없었다.

그따위 금수만도 못한 인간들에게 둘러싸였으니 단종이 한 시인들 마음 편할 때가 있었겠으며 이따금 찾아오는 성삼문, 박팽년, 하위지, 유성원들이 무슨 큰 위로가 되었을까. 따라서 모든 걸 던지고 하루라도 빨리 궐을 벗어나고 싶은 것은 너무도 당연한 일일 터였다. 그런 단종의 마음을 성삼문은 십분 헤아리고도 남았다. 이제 단종은 겨우 열세 살이었다.

"동부승지께서 예방승지를 맡아 내가 양위하는 걸 도와주세요."

단종이 성삼문을 바라보며 애원했다.

"전하…!"

성삼문이 엎드려 통곡했다.

16-9

익선관을 쓴 단종이 근정전 용상에 앉아 있고 그 아래 수양대군과 대신들이 도열했다. 단종 옆에 어보를 든 내관이 시립해 있었다.

"예방승지는 어보를 새 임금에게 전하세요."

단종이 성삼문을 보며 명하고 내관에게 눈짓을 했다. 내관이 내려가 성삼문에게 어보를 내밀었다.

성삼문은 눈물만 흘릴 뿐 움직이지 않았다. 그런 성삼문을 수양대군이 못마땅한 표정으로 쩌려보았다. 그 광경을 지켜보는 신숙주의 표정은 초조한 기색이 역력했다.

"어서요. 예방승지는 서두르세요."

단종의 간청에 성삼문은 마지못해 내관으로부터 어보를 건네받았다.

"어보를 전하세요."

성삼문이 느린 걸음으로 수양대군에게 다가가 그 앞에 섰다.

"아니 되옵니다. 전하! 명을 거두어주옵소서."

수양대군이 갑자기 꿇어 엎드리며 소리쳤다.

"어서 받으세요, 숙부. 예방승지는 속히 새 임금에 어보를 전하세요."

이미 마음의 정리를 한 듯 단종이 침착한 어조로 수양대군과 성삼문을 번갈아보며 말했다. 성삼문이 천천히 어보를 수양대군에게 내밀었다.

갑자기 수양대군이 목 놓아 울기 시작했다.

"전하! 어찌 소신에게 이 무거운 짐을 지라 하시옵니까."

그리고 잠시 후 울음을 멈추며 고뇌에 찬 표정으로 성삼문이 들고 있는 어보 한쪽을 잡고 살짝 당겼다. 그러나 성삼문은 어보를 들고 있는 손에 힘을 주었다.

성삼문은 어보를 움켜쥔 채로 흐느끼고 수양대군은 어보를 당기며 성삼문을 노려보았다. 이윽고 성삼문이 어보를 든 손에서 힘을 뺐다.

하위지와 이개, 박팽년이 경멸의 눈길로 수양대군을 바라보았다. 신숙주와 한명회의 입가에 회심의 미소가 피어올랐다.

"어디로 가려느냐?"

성삼문이 시습에게 물었다.

집으로 찾아온 시습은 어깨까지 내려온 풀어헤친 머리에 장삼 차림이었다. 정말 먼 길을 떠나려는 듯했다.

"정해 놓은 곳은 없사옵니다. 그저 도성을 떠나 심산유곡의 절들이나 돌아볼까 하옵니다."

"그래, 나라가 이 모양이 되었으니 네 마음인들 오죽 하겠느냐."

성삼문이 길게 한숨을 내쉬었다. 세종대왕께서 탄복하신 이 불세출의 신동이 세월을 잘못 만나 지금 속세를 등지려 하는 것이다.

"그게 어디 나리 탓이겠습니까."

"귀성이는?"

"나리 곁에 두십시오. 이제 제 한 몸은 스스로 지킬 수 있사옵니다."

"그래…. 하지만 지금이 끝이라고는 생각하지 마라."

성삼문이 결연한 표정으로 시습의 마음을 다독였다.

"예, 나리. 다시 찾아뵈올 때까지 강녕하시옵소서."

시습이 고개를 숙이곤 한참 동안 들지 않았다.

"나오시오! 신숙주 영감 나오시오!"

시습이 신숙주의 집 앞으로 책을 가득 실은 수레를 끌고 와 불을 붙이고 나서 대문을 향해 소리를 질렀다. 대문이 열리며 하인들이 우르르 몰려나왔다.

"웬 놈이 아침부터 소란이냐?"

우두머리로 보이는 하인이 소리치다가 시습의 머리모양과 불타는 수레를 보고 놀라며 다시 물었다.

"웬 놈이냐?"

"너희 영감 신숙주더러 나오라고 해라!"

"이놈이 여기가 어디라고 영감마님 함자를 함부로 입에 담으며 망발이냐? 썩 꺼지거라. 경을 치기 전에."

우두머리가 겁주는 얼굴로 꾸짖었다.

"어서 전하여라. 너희 주인에게! 이 김시습이 따질 게 있어 왔다고!"

"이놈이 그래도!"

우두머리가 시습에게 주먹을 뻗었다. 그리고 다음 순간 주먹을 피한 시습에게 등짝을 얻어맞고 볼품없이 나자빠졌다.

"이놈 봐라? 뭣들 하느냐?"

우두머리가 몸을 일으키며 다른 하인들에게 손짓을 했다. 그러자 하인들이 떼거리로 시습에게 달려들었다. 달려드는 하인들을 시습이 들고 있던 지팡이로 한 명씩 건들이며 날렵하게 제압했다. 삽시간에 하인들이 나가떨어졌다.

그때 신숙주가 입궐 차림으로 대문을 나서다가 그 광경을 보며 깜짝 놀란 표정을 지었다.

"누구냐?"

"나는 김시습이라 하오."

시습이 고개를 뻣뻣이 한 채로 대답했다.

"김시습? 그런데?"

오래 전 궁궐에서, 그리고 사가독서를 하던 진관사 계곡에서 시습을 본 적이 있을 텐데 기억이 안 나는지 신숙주가 표정 없는 얼굴로 물었다.

"부끄럽지도 않소? 모시던 임금을 쫓아내고도 아무 일 없다는 듯 태연하게 관복 입고 입궐하시는 게?"

"무슨 소릴 지껄이는 거야, 이놈이?"

"그래도 부인과 아들은 염치를 알고 스스로 목숨을 끊었거늘 책을 읽고 인간 도리를 배웠다는 영감은 왜 아직 살아 있소?"

"이놈이! 뭣들 하느냐. 이놈을 썩 내치지 않고?"

그때서야 하나둘 일어나는 하인들을 보며 신숙주가 호통을 쳤다. 하인들이 다시 시습에게 다가섰다.

"물렀거라! 다친다!"

시습이 곁눈질로 하인들을 돌아보며 지팡이를 겨누었다. 그러다가 신숙주를 향해 수레에서 불타고 있는 책들을 가리키며 외쳤다.

"보시오, 이제 이 나라는 책을 읽는 대신 칼을 들고, 충신들을 죽이고 임금을 겁박하면 출세하는 나라가 됐소. 영감 같은 배신자들 때문에 유학자, 선비의 나라가 인간 백정들의 세상이 되었단 말이오. 내 오늘 그냥 가려니와 영감의 목숨이 붙어 있는 건 염치를 알고 죽은 아들 덕분으로 생각하시오!"

그리고는 돌아서서 다시 뒤도 돌아보지 않고 걸음을 옮겼다.

신숙주는 아무 말 없이 서 있었다.

17. 복위운동

17-1

성삼문과 박팽년, 유성원이 수강궁을 찾았다. 창덕궁 동쪽에 지은 수강궁은 상왕으로 물러난 단종의 거소였다. 수척한 모습의 단종은 시름에 잠겨 있었다.

"결국 수양 숙부는 할바마마를 모셨고 나를 키웠던 혜빈 양씨마저 귀양 보냈다가 죽였어요. 내가 양위할 때 죽이지 않겠다고 그렇게 약조했었는데…. 이제 내 곁엔 아무도 없어요."

상심한 단종의 두 눈에 그렁그렁 눈물이 고였다.

"성심을 굳게 하소서, 전하."

위로가 되지 못할 줄 알면서도 성삼문이 상왕을 위로했다. 박팽년은 가슴이 미어지는지 아무 말도 하지 못했다.

"저들의 작태는 언제 끝날까요?"

유성원이 울음을 삼키며 성삼문을 쳐다보았다. 성삼문은 차마 대답할 수 없었다.

17-2

창덕궁 뜰에서 단종과 세조(수양대군), 정난공신들이 참석한 연회가 열렸다. 공신들 중엔 저들이 제멋대로 공신록에 포함시킨 성삼문과 박팽년, 이개, 하위지 등도 말석에 자리하고 있었다. 연회 자리가 불편해 보이는 단종의 얼굴에선 피곤함과 지루함이 묻어났다. 이런 연회가 정난 이후로 셀 수 없이 열렸던 것이다.

음악이 흐르고 여러 차례 술잔이 돌면서 흥이 무르익자 세조가 자리에서 일어나 술잔을 든 채 앞으로 나와 춤사위를 펼쳤다.

"너희들도 나오라!"

한참 동안 혼자서 춤을 추던 세조가 공신들에게 소리쳤다. 몇몇 공신들이 불려나가 세조와 함께 춤을 추었다. 술에 취해 비틀거리는 세조는 금방이라도 쓰러질 듯 위태로운 모습이었다.

"오늘 성상께서 약주가 과하신 듯하니 청컨대 그만 안으로 드시옵소서."

함께 춤을 추던 병조판서 이계전이 세조 옆으로 다가가서 아뢰었다.

"뭐라고? 이놈이 날 가르치려 드네."

세조가 버럭 소리를 지르며 화를 냈다.

"전하! 그게 아니옵고…."

"사모를 벗어라!"

"전하!"

"사모를 벗으란 말이다!"

이계전이 사모를 벗었다. 그러자 세조가 대뜸 이계전의 머리채를 움켜쥐고 한참을 끌고 가 패대기쳤다. 이계전이 계단 위로 쓰러졌다.

"이봐! 달손이!"

세조가 병조참판 홍달손을 불렀다.

"예, 전하!"

홍달손이 자리에서 벌떡 일어나 달려왔다. 세조가 쓰러져 있는 이계전을 가리켰다.

"저놈 죽통을 돌려라!"

홍달손이 난처한 표정을 지었다.

"전하! 병조참판이 어떻게 병조판서를 치오리까."

"그럼 내가 치랴? 내가 치면 저놈 면상은 박살이 난다. 그래도 내가 칠까?"

세조가 주먹을 들어 보이며 홍달손을 윽박질렀다.

"아니옵니다. 소신이 치겠사옵니다."

홍달손이 마지못해 대답했다. 그리고는 이계전에게로 가 주먹으로 얼굴을 쳤다. 오랫동안 내금위에 종사했던 무인 홍달손의 주먹질에 이계전이 비명을 질렀다. 홍달손의 주먹질은 세조의 별도의 명이 없어 몇 차례 계속되었다. 그 광경을 바라보는 단종의 얼굴이 하얗게 질렸다.

"그만! 이게 웬일인가? 내가 취하긴 취한 모양이군."

세조가 다가가 홍달손의 주먹질을 멈추게 한 후 이계전을 일으켜 앉히고는 혼자 비틀거리며 상(床)으로 돌아갔다. 그리고는 신숙주에게 낮은 소리로 뭔가 지시를 했다.

신숙주가 일어나서 홍달손에게 얻어맞고 아직도 정신이 몽롱한 이계전에게 다가가 세조의 말을 전했다.

"주상 전하께서 대감을 사랑하시어 좌익공신의 등급을 높이고자 합니다. 원하시지 않습니까?"

이계전이 자세를 고치며 부복했다.

"성상을 기망한 소신의 죄가 크옵니다. 신에게 벌을 주시옵소서."

그리고는 땅에 머리를 박으며 무슨 연유에서인지 통곡을 했다. 세조가 단(壇)에서 내려와 신숙주로 하여금 이계전에게 술을 따르게 하고는 다시 함께 셋이서 춤추기 시작했다.

"명색이 자기를 도운 공신이란 자를 개 다루듯이 하는군."

그 광경을 말석에서 지켜보던 박팽년이 슬픈 표정을 지었다.

"자네 숙부 왜 저렇게 됐나?"

성삼문이 이개를 보며 물었다.

"그러게 말일세."

이개가 한숨을 쉬었다.

"숙주는 또 저게 무슨 꼴인가."

하위지가 끌끌 혀를 찼다.

17-3

"요즘 삼문이들에게서 다른 움직임은 없는가?"

세조가 신숙주에게 물었다.

"특별한 움직임은 없는 것 같사옵니다."

"삼문의 아비 성승은 어떡하고 있다던가?"

"입궐도 않고 그냥 방안에 틀어박혀 울고만 있다고 하옵니다."

"허, 도총관이 그러면 어쩌자는 건가?"

신숙주와 한명회와 권람이 강녕전에서 잠옷 차림의 세조를 알현하고 있는 중이었다. 세조 앞엔 술상이 놓여 있었다. 얘기를 나누는 도중 세조는 연신 술을 들이켰다.

"전하! 아무래도 성승을 도총관에서 물러나게 하심이 어떠하올런지요? 도총관은 오위도총부의 군사를 총괄하는 막중한 자리이옵니다."

권람이 아뢰었다. 세조가 권람을 쳐다보았다. 세조의 풀렸던 눈이 원래대로 돌아오고 있었다. 권람이 움찔했다. 순간적으로 불경을 저질렀다는 깨달음과 함께. 인사는 임금의 고유권한이었다. 하물며 병권에 관해서야.

"자준이 생각은 어떤가?"

세조가 한명회에게 물었다.

"소신의 생각으로는 그대로 두는 것이 좋을 듯싶사옵니다."

한명회가 한참 사이를 뒀다가 대답했다. 세조가 정말 답이 궁금해질 때까지 기다렸던 것이다. 세조가 고개를 끄덕였다.

"과인도 그렇게 생각한다. 갑자기 물러나게 하면 의심과 반발을 살수도 있다."

"대신 감시를 게을리 하지 말아야 할 것이옵니다."

신숙주가 보완책을 제시했다.

"옳은 말이다. 그들의 움직임을 살피라. 병조판서와 병조참판이 있잖은가."

"그렇긴 하옵니다만…"

한명회가 말끝을 흐렸다.

병조는 군사(軍事)를 총괄하는 위치에 있지만 실제로는 오위도총부와 횡적으로 협조하는 관계였다. 즉, 병조는 병정(兵政)이 주업무였고 직접적인 군무(軍務)는 오히려 오위도총부 소관이었던 것이다. 따라서 병조판서가 이계전이고 홍달손이 병조참판이라 해도 권람의 말대로 성삼문의 아비 성승이 오위도총부를 관장하는 도총관으로 있다는 건 신경이 쓰이는 일이 아닐 수 없었다.

"무슨 문제가 있는가?"

세조가 한명회의 미심쩍어 하는 낌새를 눈치 챈 듯했다.

"아, 아니옵니다. 전하."

한명회가 서둘러 부인했다.

17-4

간밤에 수창궁으로 수상한 자가 난입했다는 소식이 유성원을 통해 성삼문에게 들어왔다.

"정말 저들은 어떻게 끝을 맺으려 저러는 걸까요?"

유성원이 분노를 참지 못하고 치를 떨었다.

성삼문은 알고 있었다. 저들이 끝을 보고자 하는 지점이 어디인지를.

단종의 양위 전후로 저들은 역모의 소지가 있다는 이유로 세종의 여섯 째 아들인 금성대군을 비롯해서 단종을 감쌌던 종친들과 상궁 박씨나 혜빈 양씨 같은 선대왕의 비빈들을 귀양 보내거나 죽이면서 단종을 고립무원 상태로 몰아갔다. 그것은 단종이 그런 상태를 더 이상 견디지 못하고 스스로 자신의 삶을 생을 결정짓게 하기 위해서였다.

그랬던 만큼 상왕의 거처에 수상한 자가 스며들었다는 것으로 저들의 의도는 더욱 분명해진 것이다. 행여 불행한 사태가 발생한다면 저들은 상왕이 자진했다는 식으로 몰아갈 터였다.

특단의 대책을 세워야 한다.

성삼문은 그런 생각을 굳혔다.

그러던 차 세조의 책봉을 받기 위해 2월에 명나라로 떠났던 신숙주가 먼저 사람을 보내왔다. 명나라로부터 세조의 책봉을 허락 받았으며 조선 출신 환관 윤봉이 책봉사로 온다는 내용을 미리 조정에 알리기 위해서였다.

3월 하순에 윤봉이 요동을 출발할 거라는 정보를 예조참판 하위지가 미리 입수해서 성삼문을 집으로 찾아 왔다.

"어떻게 생각하나? 기회가 아닐까?"

하위지가 성삼문의 생각을 물었다.

"절호의 기회입니다."

성삼문이 비장한 얼굴로 대답했다.

신숙주가 명나라로 가 있는 동안 윤봉과 얼마나 교분을 쌓았을지는 모르지만 원래 윤봉은 성삼문과 훨씬 더 가까운 사이였다.

오래 전, 윤봉은 사신으로 조선에 와서 과거 명나라 황실의 여러 비빈으로 간택할 미녀들을 구하면서 성승의 막내여동생이기도 한 성삼문의 막내고모를 일등으로 뽑은 바 있었다. 성삼문의 고모로선 뛰어난 자색으로 인해 당한 횡액이었지만 성승 부자는 두어 차례 명나라 사신으로 다녀오는 동안 그런 연유로 윤봉과 세교를 더욱 돈독히 할 수 있었다.

"윤봉이 정사로 온다면 우리에게 결코 불리하지는 않을 겁니다."

"그럴 걸세."

성삼문의 생각에 하위지도 동의했다.

4월 15일 개성을 통과한 윤봉 일행은 4월 18일 벽제에서 하루 묵고 다음 날 모화관에 이르렀다. 그 다음날인 4월 20일 세조는 친히 모화관으로 가서 책봉 조서를 받았다. 그리고 이후 매일같이 윤봉 일행을 위해 대소 연회를 베풀며 갖은 선물을 베푸는 한편으로 책봉에 감사하는 사신을 다시 명나라로 보냈다.

그 사이 성삼문은 박팽년, 이개, 유성원, 하위지 등 집현전 출신 학사들을 중심으로 부친인 도총관 성승, 동지중추 유응부, 첨지중추 박쟁 등 무반들, 그리고 박팽년의 부친인 예문대제학 박중손, 예조판서 권좌신, 이조판서 김문기 등 조정의 여러 중신들과 뜻을 같이 하면서 상왕의 복위를 위한 계획을 세웠다.

그러나 이개, 하위지, 박팽년, 유성원 등 평소 가깝던 집현전 출신 학사들과 자주 모이면서도 다른 사람들과의 접촉은 가급적 피했다. 늘 감시의 눈을 거두고 있지 않은 저들로부터 의심을 사지 않기 위해서였다.

성삼문은 세검정의 한 정자에 학사들을 부르고 6월 1일을 거사일로 잡았다. 그 날 상왕이 사신을 초대하는 형식으로 연회를 베풀기로 했던 것이다.

상왕의 사신 접대는 성삼문의 계략이었다. 그동안 세조를 비롯한 종친과 중신들이 여러 차례 크고 작은 연회를 열었고 상왕도 몇 번 참석한 적이 있었다. 따라서 상왕이 사신을 초대하는 연회는 저들의 의심을 사지 않을 자연스러운 일일 뿐 아니라 오히려 저들에게는 불감청고소원(不敢請固所願)이라 할 것이었다. 상왕이 먼저 자진해서 연회를 베풀면서 세조와 화목한 모습을 보이는 것은 명나라 사신 앞에서 그야말로 면이 서는 일이기 때문이었다.

"이번이 어쩜 처음이자 마지막 기회가 될지도 모르겠네. 그동안 저들은 상왕 전하를 고립무원 시켜 불행한 상황을 유도하려 했네. 다행히 그런 일은 일어나지 않았지만, 그러나 사신이 돌아가고 나면 상왕 전하의 안위는 장담할 수 없네."

성삼문이 좌중을 둘러보며 말하자 하위지가 동감을 표했다.

"나도 근보와 생각이 같아. 지난번 괴한이 수창궁을 난입한 일만 해도 예사로운 일이 아니야. 그것이 설령 당장 상왕 전하를 시해하려 한 게 아니라 하더라도 공포심을 자극하여 성심을 혼란스럽게 하려는 게 분명해."

하위지의 말에 이개가 나섰다.

"저도 형님 생각에 동감입니다. 근보 말대로 명나라 사신이 돌아가고 나면 저들을 제어할 자는 아무도 없습니다. 우리까지를 포함해서 말입니다. 그렇게 상왕 전하께 몹쓸 짓을 저지르고 나서 저들은 자진(自盡)이나 와병 등 다른 핑계를 댈 것입니다.”

곱고 선량해 보이는 이개가 극단적인 가정을 했다.

“그렇네. 근보나 백옥의 말처럼 저들은 결국엔 상왕 전하께 위해를 가할 걸세. 그때 상왕 전하가 안 계신 세상에서 우린들 구차한 목숨을 부지하겠는가. 그렇다면 그때 버릴 목숨을 이번 거사에 걸고 반드시 성공해야 하네. 그래야만 상왕 전하가 무사하실 수 있을 걸세.”

박팽년이 참석자들을 돌아보며 결의를 분명히 했다.

“옳은 말일세. 여부가 있겠나.”

참석자들이 모두 숙연한 표정으로 고개를 끄덕였다.

실패하면 삼대삼족이 멸하는 거사였다. 그럼에도 불구하고 참석자들의 마음은 한결같았다. 그것은 멸문지화를 감수하고서라도 기필코 바로 세워야 할 대의(大義) 때문이었다. 그리고 그 대의를 좇는 일은 조선 선비의 길이기도 했다.

“무도하게 보위를 찬탈한 수양의 파행을 막고 상왕 전하를 구하는 일이야말로 세종대왕과 문종대왕께서 확고히 세우신 나라의 틀을 만세에 이어가는 일입니다. 이 일에 어찌 작은 목숨을 아끼겠습니까.”

참석자들 중 가장 젊은 유성원이 다시 한 번 분연히 의지를 드러냈다.

“수양을 어찌 했으면 좋겠는가?”

가장 연장자인 하위지가 핵심적인 문제를 꺼냈다.

"죽여야지요."

원칙주의자 박팽년이 주저하지 않고 대답했다. 반대하는 의견이 없었다.

"교동도에 위리안치 시키는 게 어떨까요?"

잠시 사이를 두고 성삼문이 다른 안을 냈다. 다들 아무 말이 없었다. 찬성도 반대도 아니었다. 성삼문이 말을 이었다.

"수양은 백 번 죽어 마땅한 자입니다. 그러나 그리 하면 우리가 안평대군 나리를 죽인 수양과 뭐가 다르겠습니까."

그 말에서 피를 보지 않고 거사를 성공시키고 싶은 성삼문의 고뇌가 묻어났다.

"한명회는?"

옥골선풍(玉骨仙風) 이개가 물었다.

"당연히 죽여야지."

원칙주의자 박팽년이 이번에도 주저함이 없었다.

"그럼 신숙주는?"

대쪽 같은 성격의 하위지가 물었다. 아무도 대답하지 않았다. 한참 시간이 지날 때까지도.

"신숙주는 죽여야 한다. 수양을 죽이지 않을 양이면."

하위지가 스스로 대답했다. 하위지의 눈빛은 흔들림이 없었다.

성삼문은 아무 말도 하지 못했다.

한명회는 10년에 걸쳐 과거시험을 보고서도 진사시나 생원시 같은 초시에조차 급제하지 못한 자였다. 그러나 그런 인물일수록 다른 쪽엔 머리가 비상하고 눈치가 빠른 법이었다.

요 며칠 한명회는 이상한 느낌을 떨치지 못했다. 분명 성삼문 무리의 분위기가 수상쩍은데 특별한 움직임이 보이지 않는 것이다. 그렇게 한동안 마뜩찮은 기분으로 지내던 중 며칠 후 상왕이 베푸는 창덕궁 광연전 연회의 자리배치도가 손에 들어왔다.

자리배치도를 확인하는 순간 한명회는 기울어진 머리를 받치고 있는 목 한쪽이 뻐근해져 왔다. 자리배치도엔 뭔가 미심쩍은 데가 있었다. 별운검이 모두 성삼문의 부친 성승과 가까운 사람들이었던 것이다.

별운검은 나라의 큰 잔치나 회합에 임금이 납실 때 임금 좌우에 큰 칼을 찬 무장(武將)을 세우는 의전(儀典)으로 2품 이상의 무반에서 임명되었다. 따라서 정2품 도총관인 성승이 별운검을 서는 것은 어쩌면 당연한 일일 수도 있었다. 그런데 그 성승이 아들 성삼문과 더불어 조정에 반감을 갖고 있는 자라는 게 마음에 걸렸다. 게다가 별운검 추천은 승정원 소관이었고 성승과 유응부, 박쟁 등을 추천한 게 바로 좌부승지 성삼문이었다. 그러니 한명회로선 당연할 수도 있는 일이 공교롭게 여겨지지 않을 수 없었다.

별운검에 대한 의심이 들면서 한명회는 혼자 창덕궁 광연전으로 발걸음을 해서 그 내부를 둘러보았다. 큰 규모의 행사를 치르기에 광연전은 그다지 넓지 않았다. 그길로 한명회는 신숙주를 찾았다. 그리고 함께 임금을 알현했다.

"별운검을 세우지 않는 게 좋겠다고?"

한명회의 주청에 세조의 반응은 의외로 무덤덤했다. 한명회는 신숙주와 동행한 것이 다행이란 생각이 들었다. 별운검에 대한 자신의 판단이 옳다고 생각되었지만 자칫 성삼문 무리를 모함하는 것으로 임금에게 비칠 수도 있었기 때문이었다. 그래서 성삼문 애긴 입 밖에 꺼내지도 않고 장소 문제만 지적했다.

그 동안 임금은 성삼문 무리를 좋아하진 않으면서도 그들을 내치기보다는 끌어안으려는 모습을 보였다. 그것은 포용력 있는 대왕(大王)으로서의 금도(襟度)를 보이면서 신료들의 보다 폭 넓은 지지를 얻고자 함일 터였다. 한편으로 공신세력의 일방적인 독주를 허용하고 싶지 않은 어심도 작용했을 것이다.

"예, 전하. 장소가 협소하여 번거로울 것으로 사료되옵니다."

"그렇다면 범옹과 함께 다시 둘러보고 둘이서 결정토록 하라."

세조는 두 사람에게 별운검을 세우는 문제에 대한 결정권을 주었다. 사정전을 나온 두 사람은 곧장 창덕궁 광연전으로 향했다.

광연전이 협소하다는 데엔 신숙주의 생각도 같았다. 그래서 두 사람은 별운검을 세우지 않기로 의견을 모았다.

"매사 확실한 게 좋잖소, 범옹."

2, 3년 전 같으면 감히 입에 담지도 못했을 신숙주의 자(字)를 거리낌 없이 부르면서 한명회가 밝게 웃었다. 그러나 신숙주의 표정은 그다지 밝지 않았다.

17-6

왜 그런 생각이 들었을까.

퇴궐길에 신숙주가 성삼문의 집을 찾았다.

그냥 술이라도 한잔 나누고 싶었던 걸까. 아님, 성삼문에게서 뭔가 알아내려는 게 있었던 걸까.

신숙주는 스스로도 자신의 마음을 알 수 없었다.

"무슨 바람이 불었나? 기별도 없이…."

성삼문이 웃음기 없는 얼굴로 신숙주를 맞았다. 평소의 그답지 않았다.

"지나가는 길에 들렀네. 문득 자네 생각이 나서…."

그러면서 신숙주는 성삼문 앞에서 자신의 마음이 흔들리고 있다는 생각을 했다. 막상 성삼문과 얼굴을 마주하니 어쩔 수 없이 옛정이 되살아나면서 정말 한잔했으면 하는 마음이 되었던 것이다.

성삼문의 부친 성승에게 인사를 하고 신숙주는 성삼문의 인도로 별채로 들어섰다.

하인이 술상을 내어 왔다.

"집안이 조용하군."

성삼문의 안사람이 나와 보지 않는 것을 의식하며 신숙주가 말했다.

"아이들과 친정에 다니러 갔네."

그러고 보니 아이들의 기척도 없었다. 집안엔 성삼문의 부친 성승만 있는 셈이었다. 그동안 성승은 입궐하지 않는 날이 잦았다고 들었다. 마음고생이 있었는지 조금 전에 본 성승은 약간 초췌한 모습이었다.

성승 외에 식구들이 없다는 게 신숙주는 마음에 걸렸다.

"참, 모레 광연전 연회엔 별운검을 세우지 않을 모양이던데…."

성삼문과 첫 잔을 나누고 나서 신숙주가 남의 일처럼 지나가는 투로 슬쩍 흘렸다.

"통보를 받았네."

성삼문은 무심한 듯 아무런 표정 변화가 없었다.

정말 그날 아무 일도 일어나지 않을 건가.

별운검을 폐지했다는데도 성삼문이 별 다른 말이 없는 걸 어떻게 이해해야 할지 신숙주는 조금 혼란스러웠다.

"상왕 전하는 자주 뵙는가?"

신숙주가 물었다.

"자주 뵐 수야 없지 않은가. 자네는?"

"나도 오랫동안 못 뵈었네."

그리고 한두 차례 더 잔이 오갔다. 술은 씁쓸하고 신숙주는 쓸쓸했다. 어쩜 어떤 식으로든 둘이서 갖는 마지막 술자리일지도 모른다는 생각이 들면서. 물론 다시 옛날로 돌아갈 수도, 돌아갈 생각도 없었다.

더는 별 말 없이 성삼문과 신숙주가 술자리를 파했다. 성삼문의 집을 나오면서 신숙주는 성삼문이 한 번도 웃지 않았다는 사실을 상기했다. 오히려 측은한 듯 자신을 바라보는 성삼문의 눈은 사람을 보는 눈이 아니었다.

17-7

창덕궁 광연전.

상왕 단종이 명나라 사신 윤봉을 위해 베푸는 연회가 한창 무르익고 있었다.

광연전 2층 징광루에 마련된 연회석엔 별운검 없이 세조와 윤봉과 단종이 나란히 앉고 그 좌우로는 영의정 정인지를 비롯한 3정승과 6판서 외에 우승지 한명회가 자리 잡았다. 그리고 그 아래층에선 도승지 신숙주가 연회 전체 진행을 주관했다. 광연전 주위로는 내금위 군사들이 지켰고 대소 신료들이 뜰 양 옆으로 마련된 자리에 앉았다.

악공들이 연주하는 음악에 맞춰 광연전 뜰 안에서 무희들의 춤사위가 진행되는 동안 세조는 연신 흥에 겨운 모습으로 윤봉과 술잔을 주고받았다. 이미 보위에 올랐지만 명나라로부터 정식으로 책봉을 받았으니 이젠 그야말로 명실상부한 군왕이었다. 게다가 상왕까지 명나라 사신에게 그것을 공개적으로 인정하는 연회를 베풀고 있는 만큼 그의 기분은 마치 하늘에라도 날을 듯했다.

한편 한명회는 긴장의 끈을 놓지 못하고 있었다. 별운검을 세우지 않기로 결정하고서도 마음이 놓이지 않아 여러 경로로 탐문하는 과정에서 우찬성 정창손에게서 놀랄 만한 결정적인 정보를 얻어들었던 것이다. 정창손의 말에 의하면 그의 사위인 성균관 사예 김질이 성삼문이 주도하는 역적모의에 참석한 적이 있다는 것이었다. 그런데 그모의에 관련된 사람들의 숫자가 생각보다 광범위했다. 그러다가 별운검을 세우지 않기로 했다는 통보가 전해지면서 그 모의가 수면 아래로 잦아들었다고 했다. 그러니까, 말하자면 정창손만 해도 별운검을 폐지한다는 통보가 있기 전까진 그 모의를 고변하지 않고 눈치를 보고 있었던 셈이었다.

한명회는 가슴이 서늘했다. 그런데 문제는 증거가 없다는 점이었다. 별운검이 폐지되어 그럴 일도 없겠지만 그들이 연회장에서 어떤 불측한 행동을 하지 않는 한, 딱 잡아떼면 그만이었다. 그는 연회가 끝나는 대로 일단 역적모의에 관련되었다는 사람들을 모두 잡아들여 고신을 해서라도 진상을 밝혀낼 생각이었다. 그 과정에서 다소의 억울한 사람이 생긴다 하더라도 상관없었다. 그런 생각을 하며 한명회는 춤사위가 진행되고 있는 뜰 안을 유심히 지켜보고 있었다.

무희들의 춤사위가 끝나자 내금위와 오위(五衛), 겸사복에서 각각 선발된 군사들의 검무가 이어졌다. 한명회는 잔뜩 긴장했다. 물론 사전에 철저히 신원을 확인했지만 칼을 들고 춤을 추는 저들 중에 혹시라도 불순한 마음을 먹은 자가 있을까 싶어서였다. 그래서 내금위 군사들 중에서도 엄선한 자들을 광연전 주변으로 아래 배치시켰던 것이다. 그러나 그의 그런 걱정은 기우였다. 그들은 제각각 칼을 들고 다채로운 동작을 펼치면서도 내금위 군사들이 지키고 있는 광연전 근처엔 얼씬도 하지 않았다. 그는 살며시 안도의 숨을 내쉬었다.

시간이 지날수록 징광루와 광연전 뜰 연회장은 세조와 대소 신료들이 술에 취하면서 차분했던 분위기가 조금씩 흐트러졌다. 뜰 안에는 여자로 구성된 무술인들이 맨손으로 무예를 펼쳐 보이고 있었다. 열두 명으로 구성된 검은색 무복(武服)의 여자들은 하나같이 출중한 미인으로 맨손임에도 불구하고 그 동작이 절도 있고 힘차 보였다. 그래서 이전의 검무와는 또 다른 재미를 느끼게 했다.

그때 놀라운 일이 벌어졌다. 여자무술인들 중 하나가 갑자기 앞으로 뛰어나오며 공중으로 솟구치더니 내금위 군사 한 명의 어깨를 발로 밟고 임금이 있는 징광루로 날아올랐다. 어느새 뽑았는지 여자무술인의 한 손에는 내금위 군사가 들고 있던 칼이 쥐어져 있었다. 한명회는 방금 두 눈으로 보고서도 그 광경이 꿈처럼 비현실적이고 사실감이 없었다. 그런데 더 놀라운 일이 곧바로 일어났다. 뜰 가장자리에 신료들과 함께 앉아 있던 성삼문과 성승이 자리를 박차고 일어나 내금위 군사들에게 달려가선 순식간에 칼을 뺏어들었던 것이다.

다른 내금위 군사들이 칼을 뽑고 두 사람을 에워쌌다. 그리고 곧바로 두 사람을 향해 칼을 휘둘렀다. 그러나 두 사람은 결코 물러나지 않았다. 무인 성승은 물론 성삼문까지도 민첩한 몸놀림과 현란한 칼솜씨로 내금위 군사들의 칼을 받아내며 앞으로 나아갔다. 그때 열 명이 넘는 오위도총부 군사들이 나타나 성삼문과 성승을 도왔다. 내금위에 오랫동안 근무했던 병조참판 홍달손이 내금위 군사들에 가세해 두 사람을 공격했다. 그러다가 성삼문이 압박해나가자 홍달손은 곧 뒤로 밀렸다. 그 틈새를 비집고 성삼문이 광연전 안으로 들어섰다. 당황한 얼굴로 허둥지둥 하는 신숙주의 모습이 눈에 들어왔다. 성삼문은 재빨리 위층 징광루로 뛰어올라갔다.

징광루엔 여자무술인이 세조에게 칼을 겨누고 있고 그 옆엔 명나라 사신 윤봉이 갑작스럽게 벌어진 상황을 굳이 보지 않으려는 듯 태연히 눈을 감고 있었다. 징광루 아래에선 여전히 성승이 오위도총부 군사들과 함께 내금위 군사들을 상대하고 있었다.

"귀성아!"

성삼문이 여자무술인을 불렀다. 여자무술인은 귀성이었다.

"예, 나리!"

"수양대군을 상하게 하지 마라."

그리고 한명회의 목에 칼을 겨누며 뜰 쪽으로 고개를 돌렸다. 뜰 안으로 창덕궁 바깥을 지키고 있던 금군(禁軍)들이 쏟아져 들어오고 있었다.

"모두들 칼을 거두라!"

성삼문이 금군들을 내려다보며 소리쳤다.

"모두들 싸우지 말고 칼을 내려놓으라!"

성삼문이 다시 금군들을 향해 소리쳤다. 오위도총부 군사들과 대치하고 있던 금군 군사들이 하나 둘씩 스물스물 칼을 내려놓기 시작했다. 그때 등 뒤에서 소리가 들렸다.

"이놈!! 그 칼 놓아라!"

성삼문이 돌아보니 언제 나타났는지 아래층에 있던 신숙주가 올라와 한 팔을 단종의 목에 두른 채 뒤에서 껴안고 귀성을 향해 소리를 지르고 있었다.

"숙주야!"

성삼문이 신숙주를 불렀다.

"어서 그 칼 놓아라, 이놈!"

신숙주가 다시 귀성에게 소리를 질렀다.

순간 귀성이 세조를 겨누고 있던 칼을 신숙주를 향해 던졌다. 성삼문이 몸을 날려 들고 있던 칼로 그 칼을 걷어냈다. 동시에 아래층에서 올라온 내금위 군사 하나가 성삼문의 등을 베었다.

"귀성아, 피해라!"

쓰러지면서 성삼문이 외쳤다.

18. 유성의 시간

18-1

임금이 집무하는 사정전 앞뜰에 추국청이 설치되었다.

광연전 연회에 참석했던 성삼문과 동료 학사들은 현장에서 포박되었고 한명회는 김질이 일러준 대로 모의에 가담했던 사람들과, 그들과 관련이 있는 사람들을 모두 잡아들였다. 성삼문과 동료들의 친인척들도 잡혀 들어왔다.

광연전 연회에 참석하지 않았던 유성원은 거사가 실패했다는 소식을 전해 들은 후 성균관에서 집으로 돌아와 아내 송씨와 이별주를 나뉘 마신 후 사당에서 칼로 목을 찔러 자결했다. 그의 나이 서른이었다.

이미 죽은 유성원의 시신까지 옮겨 놓은 가운데 세조가 성삼문과 그의 동료들을 직접 추국했다. 추국장엔 대소 신료들 대부분이 참석해 세조 뒤에 시립했다.

세조가 성삼문을 추국했다. 성삼문은 세조를 나리라고 불렀고 세조는 그렇다면 왜 녹봉을 받았느냐고 따졌다. 이에 성삼문은 세조에게 받은 녹봉은 한 톨도 쓰지 않고 그대로 있다고 답해 세조가 사람을 시켜 확인했다. 그 결과 성삼문의 말대로 녹봉은 날짜별로 정리된 채로 곳간에 그대로 쌓여 있었다.

성삼문은 거사 이유로 세조와 측근들이 상왕을 죽이려 했으며 군왕으로서의 자질이 부족하고 헛된 욕심만 많은 세조가 선대왕 세종과 문종이 이루어 놓은 나라의 근간을 훼손하고 있어 조선의 앞날이 몹시 위태롭다고 생각했기 때문이라고 진술했다.

진술 과정에서 성삼문은 불에 달군 쇠로 다리가 뚫리고 팔이 잘리는 고문을 당했다. 세조가 형리에게 명하여 팔이 잘렸을 때 성삼문은 세조 뒤에서 추국을 지켜보고 있던 신숙주를 보며 앞으로 글을 쓸 수 없게 되었다고 한탄했다. 그러면서 신숙주에게 꾸짖었다.

"전날 세종대왕께서 원손을 안고 산보하시다가 우리를 보고 장차 성군으로 이끌어 달라 하시던 말씀이 아직도 귓가에 쟁쟁하거늘 어찌 너는 홀로 잊었단 말이냐?"

그리고 마지막 부탁을 했다.

"우리 모두는 살 생각이 없어 죽으려니와 상왕 전하의 목숨만은 해하지 말아다오."

세조가 곤혹스러워하는 신숙주를 배려해 추국장에서 물러나라고 했다. 그러자 하위지가 소리쳤다.

"숙주야, 가면 안 된다. 친구들을 배신하고 혼자 잘난 척해보겠다는 놈이 이깟 일도 똑바로 쳐다보지 못해서야 쓰겠느냐."

그리고 덧붙여 힐난했다.

"그런데 숙주야. 친구들을 다 보내고 혼자 남아서 일등하면 뭐하느냐? 그게 재밌을 것 같으냐?"

그 말에 신숙주가 하위지를 똑바로 쳐다보지 못했다.

세조는 자신과 함께 『역대병요』 등의 서적을 편찬하는 과정에서 주도적인 역할을 했던 하위지의 재주가 아까워 거사가 잘못된 것이었음을 인정하면 용서하겠다고 했지만 하위지는 일소에 부치며 성삼문 등 다른 동료들과 함께 죽기를 원했다. 하위지 역시 성삼문처럼 세조가 즉위한 후부터 받은 녹봉은 따로 한 방에 쌓아둔 게 확인되었다.

박팽년도 세조를 나리로 부르면서 신하이기를 거부했다. 세조가 사람을 시켜 박팽년이 충청감사 시절 올린 장계를 살펴보니 한 자의 '신(臣)' 자도 없었고 모두 '거(巨)' 자였다. 박팽년이 조금도 굴복하지 않자 세조는 실성하다시피 하면서 모진 고문을 가했고 며칠 뒤 박팽년은 옥중에서 숨졌다.

평소 옷 무게도 이기지 못할 만큼 섬약한 체질이었던 이개는 불로

지지는 형벌에도 안색 하나 변하지 않고 "이깟 것이 무슨 형벌이라고 할 수 있겠느냐. 인두를 더 뜨겁게 달구어 혹독하게 가하라"고 외치며 세조를 비롯한 형리들의 기를 꺾어놓았다.

그런 조카 이개의 기개를 보며 병조판서 이계전이 차마 고개를 들지 못했다.

18-2

성삼문과 이개, 하위지는 거사 며칠 뒤인 6월 8일 군기감 앞길에서 거열형(車裂刑)으로 사지를 두 수레에 묶인 채 찢겨 죽었다. 세조는 이미 죽은 유성원과 박팽년의 시신도 가져와 다시 거열형으로 사지를 찢었다. 그리고 그들과 뜻을 같이 했던 성삼문의 아비 성승과 박팽년의 아비 박중림, 유응부, 박쟁들도 같은 방식으로 죽였다.

성삼문의 나이 서른여덟, 박팽년과 이개가 서른아홉, 하위지가 마흔넷, 그리고 성승이 쉰여섯이었다.

군기감 앞길에는 효수된 그들의 머리가 장대 높이 걸렸고 그 아래로는 누구의 것인지 식별하기 힘든 사지들이 무더기로 쌓였다.

그들이 처형된 날로부터 내리기 시작한 장맛비는 며칠이 지나도록 그치지 않았다. 그런데도 사람들은 비를 맞으며 군기감 앞길로 꾸역꾸역 몰려들었다. 군졸들이 시신들을 지키고 있었지만 몰려든 사람들은 멀찍이 떨어져 선 채로 마치 혼령들과 함께 하려는 듯 밤이 이슥한 시각까지도 떠나지 않았다.

그때 삿갓을 쓴 한 승려가 나타나 시신 무더기 앞으로 다가갔다.

"썩 물렀거라!"

군졸들이 승려를 막았다.

그러나 군졸들의 제지에도 아랑곳없이 승려는 앞으로 나아갔다. 그리고 군졸들을 향해 소리쳤다.

"저 사람들이 분노하는 걸 볼 텐가? 그걸 감당할 수 있겠는가?"

그 소리에 군졸들이 움찔했다. 승려의 등장에 힘을 얻은 사람들의 두 눈이 분노로 차오르고 있었다.

그 사이 한 젊은 남자가 수레를 끌고 와 시신 무더기 앞에 멈춰 세웠다. 그리고는 승려와 함께 장대에서 시신들의 머리를 내리고는 그 아래 쌓여 있는 몸통과 사지들을 수레로 옮겨 실었다. 군졸들은 두 사람의 느닷없는 행동을 지켜보면서도 아무 말도 하지 못했다. 정말이지 사람들이 들고 일어나는 게 두려운 듯했다.

그렇게 얼마쯤 지났을까. 병조판서 이계전이 군사를 이끌고 도착했다. 시신들을 지키고 있던 군졸들 중 누군가가 연락을 한 것 같았다.

"누구냐?"

이계전이 시신들을 수습하고 있는 승려에게 다가서며 물었다. 승려가 허리를 펴고 삿갓을 벗었다. 승려의 얼굴을 확인한 이계전이 화들짝 놀라며 한 발 뒤로 물러섰다.

"너는… 시습이 아니냐?"

"지금 제 앞에 서 계신 분이 어릴 적 저를 가르치던 스승님 맞습니까?"

슬픈 얼굴로 시습이 물었다.

이계전은 아무 말도 못했다. 시습이 몸을 돌려 하던 일을 계속했다.

잠시 후 시신들을 모두 옮겨 실은 두 사람은 수레를 끌고 그 자리를 떠났다. 몇몇 사람들이 두 사람의 뒤를 따랐다. 이계전은 그 자리에 멈춰선 채 한 발자국도 움직이지 못했다.

두 사람이 수레를 끌고 간 곳은 한강이 내려다보이는 노량진의 작은 언덕이었다. 시습은 횃불을 켜고 시신들을 일일이 확인했다. 모두 오래 전 보았던 사람들이었다. 성삼문은 물론이거니와 이개, 박팽년, 하위지, 유성원 등도 어린 시절 진관사 계곡에서 보았었다. 그때의 기억을 되살리며 시습은 시신의 머리와 몸통, 사지들을 분류했다. 그리고 젊은 남자와 함께 땅을 파고 묻었다. 따라온 사람들이 너 나 할 것 없이 나서서 도와주었다.

이튿날 시습은 젊은 남자와 헤어졌다.

"형! 몸 성히 잘 지내."

스물한 살의 청년 시습이 젊은 남자에게 인사를 건넸다.

"그래. 우리 다시 만날 수 있겠지?"

출사의 꿈을 접은 시습에게 헤어지기가 아쉬운 듯 젊은 남자가 물었다. 젊은 남자는 스물일곱의 귀성이었다. 귀성은 산골로 들어가 사냥이나 하며 살겠다고 했다.

"회자정리 거자필반(會者定離 去者必反)이라 했으니 반드시 만날 수 있을 거야."

그래서 두 사람은 기약을 하지 않고 헤어졌다.

성삼문과 집현전 동료들, 그리고 뜻을 같이 했던 사람들의 가족들은 남자의 경우 모두 능지처사되었고 여자들은 노비로 전락하여 공신들에게 분배되었다. 신숙주와 정인지, 한명회를 비롯한 많은 공신들이 동료의 부인과 딸들을 노비로 부렸다.

그 와중에 시습은 귀성과 함께 어릴 적 보았던 성삼문의 둘째 딸을 빼돌려 심산유곡의 한 절에 숨기고 둘째아들의 딸도 유성원의 친척 유자미에게 피신시켰다.

성삼문의 거사를 내락했다는 이유로 단종은 상왕에서 노산군으로 강등되었다. 그리고 영월로 유배되었다가 2년 후 세조가 내린 사약을 마시고 죽었다. 향년 16세. 이번에도 단종을 죽음으로 몰아가는 데 앞장선 것은 신숙주와 정인지였다.

18-3

노량진에 성삼문과 그의 집현전 동료들의 시신을 수습한 시습은 공주 동학사에 그들의 위패를 모시고 초혼제를 올렸다. 그리고 정처

없이 전국의 절들을 순례했다.

성삼문의 거사가 있은 지 2년쯤 되었을 때 시습은 금강산의 한 절에 머물고 있었다. 그때 그를 찾아온 사람이 있었다. 손님의 신분을 확인한 시습은 맨발로 달려갔다.

"나리! 땡추중 시습 인사 올립니다."

그를 찾아온 사람은 한 번도 본 적이 없지만 이름은 들어 익히 알고 있는 김담이었다.

김담은 세종 시절 실시된 중시에서 성삼문에 이어 2등을 한 천재이자 천문학의 대가였다. 수양대군이 단종을 축출하고 보위에 오르자 중앙 벼슬을 피하고자 자청하여 안동부사, 충주목사 등 외직을 돌다가 경주부윤으로 있던 중 시습의 소식을 듣고 금강산을 찾았던 것이다.

스물셋의 시습과 마주앉아 밤늦도록 술을 마시며 쉰둘의 김담은 동병상련의 심정으로 세종 시절 집현전에서 함께 일했던 성삼문과 그의 동료들을 추억했다.

"그 친구들은 비록 참혹하게 죽었지만 죽는 순간까지도 누구보다 행복했을 거라고 생각하네. 세종대왕과 문종대왕 같은 분들과 함께 일하면서 생각을 겨루고 나누는 일이 어떤 생에 또 가능할까. 아마도 그들이 두 분 대왕과 함께 한 세월은 밤하늘에 찬연히 타올랐다가 홀연히 사라져간 유성의 시간이 아니었을까 싶네."

밤하늘을 올려다보는 천문학의 대가 김담의 촉촉한 눈에 옛 동료들에 대한 그리움이 스쳐 지나갔다.

다음날 시습은 김담을 따라 경주로 내려갔다.

"오래 머물러주시게. 한양의 숙주는 혼자서 즐거운지 몰라도 친구들이 떠나고 홀로 남은 나는 외롭네."

김담의 청으로 한동안 경주에 머물며 시습은 그를 도와 신라의 고적을 중수하는 데 힘썼다. 그 사이 세조가 두 차례나 이조판서를 제수하겠다고 해도 김담은 사양하고 경주를 지켰다. 그의 사위도 단종이 양위하는 데 반발하고 낙향한 후 자주 경주로 들러 시습과 교류했다.

시습이 어릴 적 자신에게 『중용』과 『대학』을 가르쳐 준 스승 이계전이 죽었다는 소식을 들은 것은 이듬해 한 산사를 찾아 충청도 산골을 지나면서였다. 세조의 편에 서서 단종의 축출을 도왔던 이계전도 성삼문 등이 죽은 지 3년 만에 55세 나이로 죽었던 것이다.

세월이 흘렀다.

세조는 즉위 후 잦은 병치레를 하다가 무자년(1468년) 가을에 죽었다. 재위 13년. 향년 51세. 성삼문 등이 죽은 지 12년 뒤였다.

더 많은 세월이 흘렀다. 그동안에도 시습은 전국의 절들을 떠돌며 부질없는 세월을 속절없이 흘려보내고 있었다.

을미년(1475년) 여름 시습은 도성으로 들어왔다가 신숙주의 집을 찾았다. 신숙주가 병이 들어 살날이 얼마 안 남은 것 같다는 소리를 듣고서였다. 신숙주가 쉰여덟 되던 해였다. 어느새 시습도 마흔이었다.

"친구들을 먼저 떠나보내고 홀로 남아 권세를 누린 삶이 즐거우셨습니까, 대감?"

김담의 말을 떠올리며 시습이 물었다.

"재미없었네."

자리에 누운 신숙주가 파리한 얼굴로 힘없이 대답했다.

"한명회 같은 친구가 있었는데도요?"

"공부를 잘 하는 친구는 아니잖은가."

"혼자서라도 하시지 그랬습니까?"

"혼자선 흥이 나지 않아서….'

공부 잘하는 신숙주는 며칠 후 죽었다. 성삼문이 죽은 지 19년이 지나서였다.

그러나 공부를 못하는 한명회는 그래서인지 더 오래 살았다. 주군이었던 세조가 죽고, 권세를 나눠가졌던 신숙주가 죽고 임금이 몇번 바뀌는 동안에도 한명회는 죽지 않고 오래 살면서 권세를 누렸다.

그 권세가 절정에 달했을 때 한명회는 한강변에 호사스런 정자를 지었다. 이름하여 압구정(狎鷗亭). 그 압구정에 시와 때를 가리지 않고 사람들이 몰려들었다.

시습이 압구정에 들어섰을 때 한명회가 쓴 현판이 걸려 있었다.

靑春扶社稷(청춘부사직) 젊어서는 사직을 붙잡고,
白首臥江湖(백수와강호) 늙어서는 강호에 누웠네.

시습은 시에서 '扶' 자 대신 '亡' 자를, '臥' 자 대신 '汚' 자로 바꾸어
써 놓았다.

青春亡社稷(청춘망사직) 젊어서는 나라를 망치고,
白首汚江湖(백수오강호) 늙어서는 세상을 더럽혔네.

아첨꾼들을 포함하여, 그곳에 있던 모든 사람들이 배를 쥐고 웃었다.
나라를 망치고 세상을 더럽힌 한명회가 천수를 누리며 죽은 것은,
성삼문 등이 죽은 지 31년, 신숙주가 죽고도 12년 뒤였다. 나이 일흔
둘, 정미년(1487년) 겨울이었다.
그리고 그해 시습의 나이 쉰둘, 유성의 시간이 한참 지난 뒤였
다.(*)

세종과 그의 시대 사람들의 이야기를 쓰는 일은 부담스러웠다.

그들에 대해선 이미 잘 알려져 있고 또 책들 역시 많이 나와 있기 때문이었다. 그럼에도 불구하고 다시 그들에 대한 이야기를 보태는 것은 일차적으로 오래된 개인적인 의문을 풀어보기 위해서였다.

일찍이 필자는 출발점이 유사했던 성삼문과 신숙주의 향후 다른 행적에 대해 궁금함이 많았다. 더러는 성삼문을 이상주의자, 그리고 신숙주를 현실주의자라는 데서 그 원인을 찾기도 했다. 그러나 그렇다면 신숙주를 제외한 박팽년, 이개, 하위지, 유성원 등 성삼문의 다른 동료들도 하나같이 이상주의였다는 이야기가 되어 설득력이 떨어졌다.

흔히 역사는 승자의 기록이라고 하지만 그럴 경우 『조선왕조실록』 또한 거기서 자유로울 수 있을까. 이를테면 수양대군이 저지른 계유정난에 대해서 『단종실록』과 『세조실록』의 기록이 다르고, 『고려사』 같은 경우만 해도 전문의 찬자(撰者)가 김종서에서 정인지로 바뀌어

전해지고 있다. 과연 승자들이 남겨 놓은 기록이 얼마나 진실에 근접할까.

따라서 『유성의 시간』이 그려내는 세종 시대 사람들의 모습 역시 역사를 바라보는 다양한 시각의 한 단면에 불과할지도 모른다. 그래서 『유성의 시간』은 그냥 소설로 읽혀도 무방하다. 그러나 세종 시대에 꽃피었던 문화의 시대가 이후 파행의 역사로 점철되었음을 상기한다면 그 원인 규명을 위해 보다 가까운 진실에 다가서려는 노력은 오늘에도 여전히 유효하리라 믿는다.

책이 나오기까지 많은 도움을 주신 작가와비평 편집부 식구들에게 깊이 감사드린다.

2018년 2월
김제철

1402년(태종2년)

태종이 무과를 신설하고 장원을 한 성달생에게 종3품 대호군을 제수하다.

1418년(태종18년)

성삼문 충청도 홍주 노은동에서 태어나다.

1431년(세종13년)

7월 2일, 성달생 56세에 함길도 병마도절제사(종2품)로 부임하다.

1433년(세종15년)

10월 2일, 성삼문의 부친 성승이 군사훈련 도중 늪에 빠진 세자(문종)를 구하다.

12월 9일, 세종, 좌승지 김종서를 함길도 도관찰사로 내려보내어 함길도 병마도절제사로 있던 성달생과 함께 여진족을 본격적으로 정벌하여 북방의 영토를 확장하게 하다.

1434년(세종16년)

3월 9일, 박팽년(18세)이 알성을과 7인 중 1인으로 급제하고 집현전 정자(正字, 정9품)로 발탁되다.

1435년(세종17년)

3월 27일, 세종, 연로한 함길도 병마도절제사 성달생(60세)을 숭정대부(종1품) 중추원사로 승진시켜 귀경하게 하고 그 자리에 김종서(53세)를 임명하다.

김시습 성균관 근처 반궁리에서 태어나다.

1438년(세종20년)

4월 11일, 식년시에 하위지(26세)가 을과 3인 중 1등으로 장원급제하고 아우 하기지가 병과 7인 중 1인으로 급제하다. 이선로가 병과에, 성삼문(21세)이 정과 23인 중 1인으로 급제하다.

세종이 장원급제한 하위지를 집현전 부수찬(종6품)으로 특진발령하고, 성삼문이 정9품 정자(正字)로 집현전 벼슬을 시작하다.

1439년(세종21년)

신숙주(23세)가 친시문과 병과에 급제하고 전농시 직장이 되다.

1442년(세종24년)

세종이 성삼문과 하위지, 박팽년, 이개, 이석형, 신숙주 등 6명을 삼각산 진관사로 보내 사가독서를 시키다.

1443년(세종25년)
2월 1일, 신숙주가 조선통신사 서장관으로 출국했다가 10월에 귀국하다.
12월, 세종이 훈민정음을 창제하다

1444년(세종 26년)
2월 28일, 세종이 청주 초수리로 안질 치료차 행차하다. 4월, 세종을 호종했던 성달생(69세)이 현지에서 사망하다. 세종 친히 성달생의 제문을 짓다.
11월, 예조좌랑(정6품) 이선로가 청계천 오염방지 대책을 계청하다.

1445년(세종27년)
1월 7일, 성삼문이 신숙주와 함께 요동에 귀양 와 있던 명나라 학사 황찬을 만나 음운학에 대해 자문을 구하다.

1446년(세종28년)
9월에 세종이 훈민정음을 반포하다.

1447년(세종29년)
1월, 세종이 이선로에게 '이현로'라는 이름을 사명(賜名)하다.
4월 23일, 안평대군이 안견으로 하여금 몽유도원도를 그리게 하고 여러 명사들에게 그 제사(題辭)를 짓게 하다. 성삼문을 비롯한 박팽년, 신숙주,

하위지, 이개, 강희안 등이 참여하다.

8월 18일, 중시(重試)에서 성삼문이 을과 1등 3인 중 장원을, 김담이 1등 3인 중 2등을, 이개가 을과 1등 3인 중 3등으로 급제하다. 신숙주, 박팽년, 유성원, 이극감, 최항, 이석형, 송처관이 을과 2등 7인에 급제하다.

1448년(세종30년)

3월 6일, 성승이 도진무(都鎭撫, 정2품)로 승진하다.

4월 3일, 후일 단종(端宗)이 된 원손(元孫) 홍위(弘暐)가 8세의 나이로 왕세손에 책봉되다.

1450년(세종32년)

윤 1월 1일, 33세의 직집현전(종3품) 성삼문과 34세의 집현전 응교(정4품) 신숙주가 명나라 사신 한림학사 예겸을 맞다.

2월 17일, 세종이 영응대군저 동별궁에서 53세를 일기로 승하하고 2월 22일 같은 장소에서 문종 즉위하다.

10월 22일, 문종이 성승을 정조사의 부사로, 성삼문을 자제군관으로 명나라로 보내다.

1451년(문종 원년)

4월 15일, 성삼문이 경연 검토관이 되다.

8월 25일, 김종서 등이 『고려사』 139권을 편찬하다. 전문(箋文)의 찬자(撰者)는 김종서인데 현존하는 『고려사』의 찬자는 정인지로 되어 있다.

10월 27일, 문종이 김종서를 우의정으로 승차시키다.

1452년(문종2년)

5월 14일, 문종이 경복궁 천추전에서 39세를 일기로 승하하다.

5월 18일, 왕세자가 근정문에서 즉위하다.

9월 6일, 수양대군이 문종의 산릉 역사 현장에서 안평대군의 측근 문사로 산릉도감 장무(掌務)를 맡고 있던 이현로를 수하를 시켜 매질하다.

1453년(단종 원년)

4월 10일, 성삼문이 집현전 직제학(정3품)으로 승진하고 경연 시독관과 시강관을 겸하다.

10월 10일, 수양대군이 좌의정 김종서의 집을 찾아가 수하를 시켜 철퇴로 죽이고 어린 왕을 보호하던 의정부와 조정 요로의 중신들을 왕명으로 불러 살해하다. 이현로가 수양대군의 수하들에게 죽다.

10월 18일, 수양대군이 안평대군을 역모로 몰아 교동도에서 사사(賜死)하게 하다.

1454년(단종2년)

1월 14일, 단종이 송현수의 딸을 비(妃)로 들이다.

2월 6일, 신숙주가 도승지 되다.

1455년(단종3년, 세조원년)

2월 4일, 도승지 신숙주의 권유로 단종이 수양대군 집으로 가서 정난공신들을 위한 위로연을 베풀다.

윤6월 11일, 단종이 수양대군에게 양위하다.

윤6월 23일, 세조가 신숙주를 도승지로, 한명회를 좌부승지, 성삼문을 우부승지로 임명하다.

1456년(세조2년)

6월 1일, 성삼문 등 집현전 학사들을 중심으로 한 단종 지지세력들이 복위운동을 일으키려다 실패하다.

6월 8일, 단종복위운동에 가담했던 성삼문 등 단종지지세력들이 군기감 앞길에서 거열형으로 처형되다.

1457년(세조3년)

6월, 단종이 노산군으로 강봉되어 영월로 유배되다.

10월, 단종 사사되다.

*연표는 등장인물 중심으로 작성되었음

*연표의 연월일은 음력임